Duanna Mund (Hg.)
Robina Crusa

Die letzten Tag einer Lehrerin an Bord der SSS Aerosol

eine satirische Novelle

AF220912

Duanna Mund (Hg.

Robina Crusa

Die letzten Tage einer Lehrerin

an Bord der SSS Aerosol

eine satirische Novelle

Bibliographische Information Der Deutschen Bibliothek:
Die Deutsche Bibliothek verzeichnet diese Publikation in
der Deutschen Nationalbibliographie; detaillierte bibliographische Daten sind im Internet über _http://dnb.ddb.de_ ab-
rufbar.

Herstellung und Verlag: Books on Demand, Norderstedt
ISBN: 9783752674200

Vorwort

Das erste Mal in meinem Leben fungiere ich bei der Veröffentlichung eines Textes nicht als Autorin sondern als Herausgeberin. Die Begleitumstände, die mir das Manuskript in die Hände spielten, sowie der Inhalt der Erzählung ließen mir keine Wahl. Eine Welle schwemmte mir nämlich vor wenigen Wochen während eines Strandspaziergangs eine Flaschenpost vor die Füße. Weil es einiges Geschick erforderte, die eigenwillige Buddel aus milchig grünem Glas mit der Aufschrift Aquavit zu öffnen, ohne sie zu zerschlagen, atmete ich erleichtert auf, als das Schriftstück unbeschädigt und trocken in meinen Händen lag.

Die mit goldglänzendem Frauenhaar umwickelte Textrolle entpuppte sich als bissig-humoristische Novelle, deren rotzige Unverschämtheit mich amüsierte. Zugleich reagierte ich betroffen auf die Tragik und philosophische Deutung des Handlungsstrangs. Sprachliche Raffinesse und Spannungsbogen ließen den Schluss zu, dass ich kein literarisches Debüt in Händen hielt, wenngleich die gewählte Form lediglich der eines wöchentlich erfolgten Logbucheintrags entsprach. Der Name Robina Crusa legte zudem nahe, dass die Autorin ein Pseudonym verwendet hatte – lustig wie bedeutungsschwanger, in jedem Fall originell. Der Titel „Die letzten Tage einer Lehrerin" deutete auf ein dem Meer überantwortetes, literarisches Testament hin. Offenbar konnte die Autorin selbst für ihren Text nichts mehr tun. Mein Eindruck verfestigte sich beim Lesen.

Der literarischen Qualität der Erzählung verpflichtet, veröffentliche ich die Novelle ungekürzt und ohne Lektorat.

Duanna Mund

Woche eins / Auf hoher See

Nach Monaten an Land kehre ich auf das Segel-Schul-Schiff SSS Aerosol zurück, um am Ende meiner Dienstzeit für wenige Wochen in beabsichtigt abgeklärter Weise auf meine fünfunddreißig Jahre auf hoher See zurückzublicken. Es gilt, von diesem prägenden, ja abenteuerlichen Teil meines Lebens Abschied zu nehmen. Ich steche in See, um eine letzte bewegende Fahrt anzutreten, Erfahrung und Weitblick zu genießen und schließlich in den ruhigen Hafen eines fortan privaten Lebens einzulaufen.

Anfangs herrschen sonnige Bedingungen. Die SSS Aerosol liegt folgsam im Schlepptau des von Admiral Lang befehligten Mutterschiffes AUT Cruises. Ausgeruht und belebt von Reisen und literarischer Betriebsamkeit gehe ich an Bord eines von Lockdown und anschließendem Halbbetrieb gebeutelten Schulschiffes. Die Stimmung in der Besatzung darf als gefasst bezeichnet werden, angesichts der in den Kajüten umgehenden seltsamen Geschichten. Diese berichten von einer dunklen, unklaren Front, auf welche die Flotte zusteure. Es geht die Mär, dass jeder Einzelne der Besatzung bald einen toten Menschen in seiner Familie zu beklagen haben werde. Von dem aufziehenden Unwetter drohe nämlich ein viraler Fallout.

Erfahrene Seeleute schenken dem Seemannsgarn mehr Glauben als die unbeschwerte Jugend, immerhin haben sie zur Entstehung des Gerüchts beigetragen, während sie an dem aus altem Tauwerk gewonnen Garn für Leinen und Trossen arbeiteten. Über der eintönigen, bei sommerlichem Schönwetter erledigten Arbeit gaben sie ihre Schwänke zum Besten. Jetzt, im Angesicht des Wolkengebirges am Horizont, weiß niemand mehr, wo inmitten von Übertreibung und Ausschmückung die Grenze zwischen Wahrheit und Phantasie liegt. Wir auf dem Schulschiff werden in jedem Fall vorbereitet sein, trösten wir einander. Immerhin wähnen wir uns im Besitz einer Frist, die uns bleibe, Strategien zu entwickeln, die Takelage zu prüfen, das Ruder zu justieren.

Die uns anvertrauten Matrosen und Matrosinnen scheinen erfreut, ihre Profs wiederzusehen. Allerdings müssen sie erkennen, dass sie von einem Tag auf den anderen auf Abstand-halten eingeschworen werden, darauf, die Insassen ihrer Kajüte als „Familie", alle anderen als potentielle Gefahr zu sehen, als Gefährder, deren Wege sich mit den eigenen nicht kreuzen dürfen. Wo das Jungvolk früher in den Pausen über die Planken jagte, die Freibereiche für Verstecken, Geschicklichkeitsspiele und Flirt in freizügig wechselnden Kombinationen nutzte, wird es nun in scharf abgegrenzte Sektoren getrieben. Da der schmale Freiraum entlang der zugigen Nordflanke des Schulschiffes für die fast sechshundertköpfige Schar an Auszubildenden wenig Platz bietet, sind die Pausen gestaffelt und die Wege in die zugewiesenen Sektoren vorgeschrieben. Jeder Ortswechsel erfolgt geführt von einer Lehrperson. Toiletten sind während der Freizeit geschlossen, damit niemand am Örtchen einem anderen begegnet, der dieselben Bedürfnisse stillen möchte. Über die Reling Pinkeln bleibt verboten. Nur logisch, dass die häufigste Wortmeldung während diverser Lerneinheiten lautet: „Ich muss mal", oder: „Darf ich als nächstes?", oder: „Ich bin ja ein Mädchen, also darf ich jetzt, obwohl Merle Säbelrost gerade draußen ist?" etc. Nach drei Tagen verliere ich das erste Mal die Nerven und vereinbare mit meinen Auszubildenden eine Geheimbotschaft in Gestalt einer unverfänglichen Geste, die besagt: „Ich muss abwassern und habe ansonsten nichts zum eben besprochenen Thema beizutragen."

Alle sich an Bord bewegenden Personen tragen sicherheitshalber Maske gegen den Fallout, was für Matrosen und Matrosinnen ungeahnte Möglichkeiten mit sich bringt. Man kann der Lehrperson die Zunge zeigen und wer verbotene Kraftausdrücke verwendet, wird nicht erwischt, sofern ein unschuldiger Blick täuscht. Auf dem Platz sitzend darf wieder frei geatmet werden. Hier fallen die Masken. Nur die Lehrperson verbirgt sich weiter ängstlich hinter ihrem Mund-Nasen-Schutz in Ermangelung einer wie auch immer gearteten Schutzvorrichtung. Sie sieht sich mit einer jugendlichen Sorglosigkeit konfrontiert, deren Lebensfreude nach Beendigung des Arbeitstages in geheime Kajüten-Partys diffundiert. Jeder Klassenzug hat seinen jeweils eigenen Stundenbeginn, seine erlaubten Routen durch das Labyrinth an Gängen und Kajüten – ein Verwirrspiel, das einen schon durcheinanderbringen kann. Weil jeder Ortswechsel der dreißigköpfigen Klasse ein dreißigmaliges Händewaschen, dreißigmaliges Händetrocknen in Küchenrollen und Ausleeren des vor Papier überquellenden Mistkübels zur Folge hat, ist die Chance, dass die verbleibende Unterrichtsstunde für die Auszubildenden auch noch bequem vorübergeht, groß. Immerhin ist die Lehrperson noch längere Zeit mit der Eintragung der erkrankten oder im Labyrinth der strategischen Wegführung verlorengegangenen Matrosen und Matrosinnen in das digitale Logbuch beschäftigt.

Unser Schulschiff wird in diesem Arbeitsjahr von einem neuen Kapitän geleitet. Reinmar Fit ist ein erfahrener Trainer in Sachen Seetauglichkeit mit profunden Kenntnissen in zwischenmenschlicher Chemie, ein Mann in den besten Jahren, strotzend vor Energie. Vom ersten Tag an gibt er klare Anweisungen und dreht sich nicht nach dem Wind.

Es braucht Zeit, sich an den neuen Führungsstil zu gewöhnen, umso mehr als die Spielregeln an Bord angesichts des aufziehenden Sturms bereits die Auflagen der gelben Flagge erfüllen. Unmut tönt mal verhalten, mal heftiger und schaukelt sich zu einem spürbaren Gegenwind hoch. In schwerer See sei es zu spät abzutakeln, um neue Segel zu setzen, ohne Hoffnung darauf, dass das Wetter aufklare, lautet die festgezurrte Devise des Offizierskorps. Lieber von Beginn an den Ernstfall proben, dieser kommt bestimmt. Die wirre Luftströmung scheint dem Kapitän Recht zu geben, denn schon am dritten Tag springt der Wind um. Ein Matrose muss isoliert werden. Er fühlt sich seit dem Auslaufen aus dem Hafen krank und jetzt liegt er endgültig darnieder. Alarm!!! Wer hat sich angesteckt? Wer sind die Kontaktleute, die möglicherweise, gleich dem Erkrankten, von Bord müssen? Gehöre ich zu ihnen? Wird das Schiff bei Ausfall der zuständigen Besatzung seetüchtig bleiben?

Freitag Mittag verlasse ich das Schulschiff, nehme mir nach fünf Stunden in diversen Kajüten andächtig den Mund-Nasen-Schutz vom Gesicht, der mir in der Hitze des Gefechts gar nicht mehr aufgefallen ist. Leichtes Kopfbrummen zeigt an, dass ich zu viel von dem eingeatmet habe, was eigentlich ausgeatmet gehört. Was soll's? Es ist Wochenende und das fühlt sich wie der Beginn des Großen Landgangs an. „What shall we do with the drunken sailor" tönt es verhalten aus der Musikkabine, die ich backbord hinter mir lasse.

Matrosen und Matrosinnen, die noch die sechste Ausbildungsstunde des Tages absolvieren, spucken ihren Gesang in den Mundschutz. Falsche wie saubere Töne klingen wie von weit an das Ohr des gebeutelten Obertrompeters und Tastenvirtuosen Rudi Leinenlos. Ich weiß aus leidvoller Erfahrung meiner eigenen Kreativstunden: Nur im Freien darf gesungen werden oder mit Maske, damit die Atemluft keimfrei bleibt. Augenblicklich fällt mir ein Sinnspruch ein, der mir beweist, dass meine literarische Ader in der ersten Woche Schuldienst noch keinen Schaden erlitten hat. „Spuckst du nach Lee, geht's in die See. Spuckst du nach Luv, kriegst du es druff", trällere ich vor mich hin und kichere.

Ja, ja. Es ist nur Anlasslyrik, zudem nicht sehr geistreich, dennoch von einer gewissen hanseatischen Wucht. Irgendwie passend für unsere Situation an Bord, gibt diese doch wenig Anlass zu feinsinnigem Wortspiel. Ha! Jetzt gefällt mir mein Liedchen wirklich.

Samstags Nacht erreicht mich eine Durchsage per Funk: Der erkrankte Matrose ist genesen. Ich frage mich, ob dieser sich die Beeinträchtigung seines Geschmacks- und Geruchssinns nur eingebildet hat. Immerhin sind dies Symptome, die vom wissenschaftlichen Beirat der Flottenführung eindeutig einer Infektion durch den Fallout zugeordnet werden. Die im Äther kursierenden Morsezeichen verraten mir, dass die besorgte Belegschaft aufatmet. Die für das Segellatein zuständige Lehrkraft verspricht, sich in ihrer nächsten Lehrstunde wieder in die Kajüte der betreffenden Klasse zu wagen, nachdem sie diese bisher vom Gang aus unterrichtet hat.

Woche zwei / Quarantäne

Jetzt ist es also doch passiert. Eine mir flottenbehördlich ange-
ordnete Isolierung auf einer Insel, bedingt durch den ersten ak-
tiven Fall von Pestilenzia corona an Bord, zwingt mich in eine
Denkpause. Nach weniger als zehn Tagen auf hoher See bin ich
also verdächtig, erkrankt zu sein, schlimmer noch, Überträger einer hoch infektiösen Fallsucht. Diese scheint vorerst mehr in den
Köpfen zu wüten denn als körperliche Krisis, droht sie doch den
Mannschaftsgeist auf den Schiffen zu spalten. Zudem beobachte
ich, wie unkoordiniert sich die Kapitäne der Flotte verhalten. Alle
versuchen, bestmöglich durch die raue See zu steuern. Dabei nehmen sie sich gegenseitig den Wind aus den Segeln und zwingen
einander zu kraftaufwendigen Manövern, bei denen niemand ins
Kielwasser des anderen geraten will.

Meine Quarantäne verschafft mir Abstand für den Blick auf
das chaotische Treiben in den Buchten der Weltmeere. Von einer
Minute zur anderen hocke ich auf einer Insel und bin gefangen
im Fallstrick eines meine Freiheitsrechte einschränkenden, gesell-
schaftlichen Krisenfalls. Fallwinde beuteln mich, der man doch
allgemein Standhaftigkeit und Resilienz attestiert.

Das unsere Flotte anführende Mutterschiff AUT Cruises stellt
eine Testung meiner Immunabwehr in Aussicht. Seuchenhygie-
nisch muss ich in jedem Fall bis Ende der Inkubationszeit den
Kajüten meiner Auszubildenden fernbleiben. Nicht vierzig Tage
sind mir aufgebrummt, wie der Ursprung des Wortes Quarantäne
nahelegt, sondern vorerst lediglich vier. Die Langeweile lässt mich
recherchieren: Der französische Begriff aus dem 12. Jahrhundert
wird vom galloromanischen quarranta abgeleitet, das wiederum
dem Volkslateinischen quadraginta (vierzig) entstammt. Er defi-
niert eine um 1400 eingeführte Reisesperre für seuchenverdächti-
ge Ankömmlinge.

Ich sitze auf einem bequemen Stein, in der Mitte der mir zugewiesenen Bucht und blicke durch ein Fernrohr. Die AUT Cruises scheint in eine Brandungsrückströmung geraten zu sein, die sie unweit meines Eilands in einer Rotationsschlaufe festhält. Sie hat an Fahrt verloren und zeigt sich mir von unterschiedlichen Seiten. Heck wie Bug, Steuerbord- wie Backbordseite, Rumpf, Kiel und Aufbau sind offenbar in gutem Zustand. Die an der Leine gezogene SSS Aerosol dümpelt schwankend im Fahrwasser des Mutterschiffes und versucht die schlingernden Bewegungen des Kurses von Admiral Lang nachzuvollziehen, um nicht versehentlich gerammt zu werden.

Beruhigt stelle ich fest, dass die SSS Aerosol mit Sicherheit nicht vierzig Tage auf meine Arbeitskraft verzichten kann. Schon bald wird man mich wieder anheuern, zu einem Mitglied der Besatzung machen, die sich mit Flies-Tüchlein um Mund und Nase vor der neuen Seekrankheit schützt, welche vorerst bei den meisten lediglich Schwindel und Brechreiz verursacht. Historisch betrachtet bin ich also nicht besonderes bedauernswert, umso mehr, wenn ich bedenke, dass früher befallene Menschen in Seuchenhäuser gepfercht wurden. Zudem handelt es sich im Bereich der Seeschifffahrt bei Quarantäne eigentlich um nichts Außergewöhnliches, ist sie doch traditionell die Wartezeit von Schiffen, bevor Lebewesen an Land gehen dürfen und die Ladung gelöscht wird.

Dennoch sollte ich mir meine Situation keineswegs schönreden. Im IT-Bereich moderner Navigation bedeutet der Begriff Quarantäne die sichere, meist temporäre Aufbewahrung von potentieller Schadsoftware. Was sagt mir das? Ja, ja! Ich weiß, es ist unstatthaft, Fische mit Quallen zu vergleichen. Zurück also zu meiner menschlichen Natur. Nach Cholera, Fleckfieber, Gelbfieber und Pocken sowie zahlreichen grässlichen Epidemien, welche zumindest in jüngster Vergangenheit die reiche Nordhälfte der Weltmeere verschonten und daher außerhalb unseres Radars blieben, wütet nun auf dem blauen Planeten die Pestilenzia corona. Ich darf mich auf meiner Insel vorerst sicher fühlen, eine Überlegung, die mir das Abschreiten des Strandes versüßt. Wie es denen an Bord wohl ergeht? Ob es schon weitere Ansteckungen gibt? Werde ich mich nach Rückkehr in den Dienst ausreichend schützen können? Die Versetzung auf ein anderes Schulschiff würde meine Situation auch nicht verbessern, geht doch die Kunde von überall herrschenden, chaotischen Zuständen, unklaren Befehlen und aufgeheizter Stimmung, die eine Meuterei in naher Zukunft denkbar macht. Außerdem hänge ich an dem flotten Kahn, auf dem ich schon dreißig Jahre lang diene.

Ich versuche, sachlich zu bleiben und resümiere: Unterwegs ist einer unserer Matrosen erkrankt. Es handelt sich um einen lebensfrohen, jungen Mann, der nach dem Tagwerk bei einer Party dem Genuss von Wein, Fleisch und Frauen zusprach, wohlgemerkt unter freiem Himmel, wie anbefohlen. Dass bei dem Fest auf die Wahrung des Mindestabstands geachtet wurde, wage ich zu bezweifeln, waren doch Seejungfrauen geladen. Zudem gilt der Erkrankte als jugendlicher Heißsporn. Alle Lehrpersonen, die in seiner Kajüte tätig waren, wurden nach dessen Einstufung als aktiver Fall augenblicklich von Bord entfernt und führen nun ein fragliches Inseldasein gleich dem meinen, bis weitere Befehle einlangen.

Die Quarantäneflagge ist gehisst, mit dem Buchstaben Q des alten, internationalen Flaggenalphabets, das noch heute gilt, allerdings in umgekehrter Bedeutung: Wer die Flagge setzt, behauptet von sich, an Bord sei alles gesund. Nur wer die Flagge Q zusammen mit einem Hilfsständer, einer zusätzlichen Flagge versieht, bedeutet dem Mutterschiff, dass an Bord eine Seekrankheit ausgebrochen ist. Die verwirrende Verwendung der Zeichensetzung hat somit Tradition. Wen wundert also, wenn wir in der aktuellen Lage von vier Flaggenfarben verwirrt werden, die man noch dazu von Hafen zu Hafen unterschiedlich deutet. Mir persönlich gilt Grün als die schwindende Hoffnung, Gelb bleibt Auslegungssache, Orange bedeutet aufziehender Orkan und Rot Untergang. Der Seefunk 1450 bringt wenig Erleichterung, erweist sich doch das angeforderte Gesundheitsboot als unzuverlässig und viel zu träge, um der Ausbreitung der Pestilenzia Einhalt zu gebieten.

Die an meinem Strand auslaufenden Wellen flüstern mir, dass sich auf den Schiffen das Seemannsgarn munter weiterspinnt, Handlungsfähigkeit wie -bereitschaft minimiert und alle zu Beteiligten einer Irrfahrt mit rotierender Kompassnadel macht. Ich beobachte unseren wackeren Kapitän Fit am Steuerrad meines Schiffes, die schwere Arbeit meiner Kameraden an der Takelage und überlege kurz, ob ich auf eine Verlängerung meiner Rolle als Robina Crusa hoffen soll. Um mich nützlich zu machen und die dunklen Wolken in meinem Gemüt zu vertreiben, stelle ich Funkkontakt zur SSS Aerosol her und bereite mich gedanklich auf die Fernkommunikation unter Verwendung der Dienste von Flaschenpost-Teams vor.

Bevor die Sonne untergeht, zeichne ich mit lockerer Hand einen Haiku in den Sand. Doch ehe der Dreizeiler fertig ist, wird er von einer frechen Welle überrollt. Verärgert beginne ich von neuem, weiter oben am Strand und damit sicher vor der ohnehin friedlichen Brandung.

Das ewige Meer:
Ein Stern nimmt ein Bad
Oh! Nur Schweigen da oben.

Es ist das erste Haiku meiner dilettantischen Schreibexerzitien. Mit gerunzelter Stirn betrachte ich den Versuch, mein Inseldasein in japanische Verdichtung zu gießen. Er gefällt mir nicht. Mit einem energischen Wisch meines linken Fußes lösche ich das Gedicht wieder. Die Welle wusste, was sie tat. Am nächsten Morgen hat die Flut eine makellose, honigfarbene Fläche modelliert. Sie sieht mich an, wie eine Sandtafel, die darauf wartet erneut beschrieben zu werden.

Woche drei / Robina Crusa

Nun hoffe ich nicht, dass meine letzten Wochen als Lehrerin in eine Robinsonade münden, denn am Abend des dritten Tages meiner Wegweisung morst mir das Gesundheitsboot, ich sei als KP1-Fall eingestuft, als Kontaktperson mit höchstmöglichem Risiko. Meine Quarantäne werde aufgrund eines weiteren Krankheitsfalls an Bord verlängert. Während meine Kollegen, die sich nicht anders verhalten haben als ich, in die Kategorie KP2 eingestuft wurden und deshalb auf ihren Inseln wenigstens eingeschränkte Bewegungsfreiheit genießen, bin ich, Poseidon weiß warum, komplett interniert. Ich darf meine kleine Bucht nicht mehr verlassen, soll selbst hier zwischen den schützenden Felswänden alle wie auch immer gearteten sozialen Kontakte meiden und meinen Gesundheitszustand akribisch überwachen. Hierzu bin ich aufgefordert, zweimal täglich Fieber zu messen, auf Atemwegssymptome zu achten sowie eine Liste jener Personen anzulegen, mit denen ich Gespräche führe, die insgesamt länger als 15 Minuten dauern. Die Ergebnisse meiner Selbstbeobachtung müssen gewissenhaft in ein Tagebuch eingetragen werden. Abschließend rät man mir, bei lebensbedrohlichen Zuständen nicht das Gesundheitsboot 1450 zu kontaktieren sondern gleich 1 4 4 Rauchsignale abzusetzen. Ich interpretiere den Code wie folgt: erst eine Leuchtrakete abschießen, dann warten, dann vier weitere, erneut warten, zuletzt wieder vier. Schließlich in der Bucht bleiben und darauf hoffen, dass jemand kommt, um mich zu retten.

Meine erste Reaktion auf die Nachricht ist eine Mischung aus Empörung, widerständiger Verstocktheit und maßloser Verwunderung. Warum wurde ich noch nicht getestet wie die anderen Lehrpersonen, warum als Hochrisikofall eingestuft, obwohl ich mich ebenso strikt an Abstandsregeln gehalten und Mundschutz getragen habe? Wieso erfahre ich von meiner Einstufung erst am

Abend des dritten Tages meines Exils? Während ich noch überlege, in Erleichterung spendendem Ungehorsam meine tägliche Inselrunde anzutreten, die mich bisher vor dem Inselkoller bewahrt hat, taucht völlig überraschend ein Polizeiboot in meiner Bucht auf. Eine junge Frau der Küstenwache stellt mit großem Sicherheitsabstand meine Identität fest und ermahnt mich, bloß nicht den schmalen Sandstrand zu verlassen. Hohe Strafen drohten mir, sollte ich meine Befugnisse überschreiten. Auf Diskussionen lässt sich die Beamtin nicht ein. Vielmehr beendet sie ihre Amtshandlung, indem sie sich als unbefugt erklärt, meine Einstufung zu bewerten.

Weil es mir für gewöhnlich rasch Kopfweh bereitet, wenn ich gegen Widerstände anrenne, packe ich den Pragmatismus aus und bewerte meine Lage als schicksalshafte Fügung, die mich vor Schlimmerem bewahrt. Hierzu setzte ich mich auf meinen Meditationsstein und lasse den Blick hinter dem Horizont versinken. Das Brummen in meinem Schädel erkläre ich mir als atmosphärische Turbulenz. Vielleicht dröhnt aber auch schon mein kranker Kopf. Wankt die See oder plagen mich bereits Schwindel und erstes Fieber? Besorgt befühle ich mit meinem kühlen Handrücken die Stirn. Brennt der Rachen aus hypochondrischer Selbstbeobachtung oder atme ich wirklich bereits schwerer als üblich? Warum klopft es so unruhig in der Arterie meines Handgelenks? Wieso verhält sich mein Ruhepuls nicht wie bei einer Gesunden? Nachdem ich mein seelisches Allheilmittel angewendet habe, indem ich wie eine gestrandete Yogini die Fünf-Tibeter durchführe, ist wieder alles normal in meinem Körper. Ich lege mich erleichtert mit dem Rücken in den Sand. Mit Armen und Beinen wische ich den Abdruck eines Engels in den weichen Untergrund. Eigentlich ist es hier ja herrlich, so allein mit mir und … Unvermittelt setze ich mich auf. Da ist ja noch Freitag – den habe ich komplett vergessen! Was ist der jetzt? KP2? Und was ist mit den anderen, die ich vor meiner Quarantäne gefährdet habe, unwissend zwar aber doch?

Um meinen Körperabdruck nicht zu zerstören, springe ich aus

dem Wischengel heraus und hocke mich auf meinen Stein. Dass mir mein auf der Insel lebender Gefährte Freitag noch nicht früher in den Sinn gekommen ist, liegt daran, dass der umtriebige Mann von früh bis spät an der Sanierung seiner Unterkunft werkelt und wir selten zusammenkommen. Aber – natürlich gibt es ihn: den Freitag zur Robina Crusa. Verunsichert überfliege ich noch einmal die Morse-Botschaft des Gesundheitsoffiziers Anschieber. Um meine Kontaktperson wirkungsvoll vor mir Virenschleuder zu schützen, kam die Nachricht von dem Gesundheitsschiff zu spät, stelle ich verbittert fest. Dennoch lese ich in einer masochistischen Anwandlung den Abschnitt „Verhalten zu Hause":

Hände waschen ade! Von nun an heißt es desinfizieren, was geht. Einzusetzen ist dabei ein Mittel von mindestens partiell viruzider Wirkung (äähh?)! Bekomme ich so etwas auf meiner Insel?

Nach Möglichkeit nichts angreifen, was Freitag auch berühren könnte! Anderenfalls desinfizieren!

Wenn verfügbar, bei der Darmentleerung getrennte Fäkaliengruben verwenden! Anderenfalls desinfizieren!

Zeitlich versetzt die Mahlzeiten einnehmen! Als Geschirr eignen sich Einwegmaterialien wie Bananenblätter, Bambusstäbchen, als Servietten das gemeine Mammutblatt, in das es sich übrigens auch gut niesen und husten lässt. Nach Verwendung sind die biologischen Materialien im Meer zu entsorgen und mein gesamter Körper sowie Umgebung zu desinfizieren.

Weiter geht es:

Jeden persönlichen Müll augenblicklich verschwinden lassen! (Was denken die sich denn? Dass ich meinen Müll fallen lasse oder ihn mit mir herumtrage?)

Inselbewohner müssen unterschiedliche Buchten bewohnen!

Natürlich verschiedene Badeplätze aufsuchen oder, wenn aufgrund der Örtlichkeit unmöglich, die körperliche Hygiene zeitlich versetzt vornehmen! Desinfizieren!

Bei nicht zu vermeidender Annäherung Mund- und Nasen-schutz tragen! Hierbei sind alle Materialien erlaubt, durch die es sich halbwegs atmen lässt. Von der Verwendung eines Gesichtsschildes aus diversem Blattwerk ist abzusehen, da es zwar hübsch wirke, jedoch nichts bringe.

Jetzt fühle ich mich wirklich gestrandet. Um mir weniger verloren vorzukommen, zeichne ich mit dem rechten Zeigefinger Sterne in meinen Engel. Vielleicht sollte ich in der Zukunft der neuen Normalität mich als bildende Künstlerin versuchen und meine ewigen Wortkritzeleien bleiben lassen. Ratlos wähle ich die Notfall-Hotline der Kommandobrücke der SSS Aerosol und erfahre, dass sich mittlerweile an Bord bereits mehr als 25 Personen in Absonderung befinden. Da geht es mir gleich besser. Was bin ich froh, noch eine Frist gewährt zu bekommen, ehe ich mich einem Arbeitsalltag mit zahllosen Vertretungsstunden stellen muss! Die Inselvorräte sind voll. Zudem wird mich das Meer ernähren, Trinkwasser scheint ausreichend vorhanden.

Der vierte Tag in der Bucht verläuft ruhig. Es regnet, was ich o.k. finde, weil es zu meiner Stimmung passt. Mein Engel weint, dann zerfließt er in kleine Rinnsale in Richtung Meer. Nachts blicke ich in den verhangenen Himmel und verstehe die Sterne, die sich nicht zeigen wollen. An meinem fünften Inselmorgen versteckt sich die Sonne solidarisch mit mir hinter mystischen Schleiern. Ein ausgeweideter Kadaver im Buschwerk meiner Bucht irritiert mich. Freitag ruft mir aus dem Unterholz zu, ich dürfe beruhigt sein. Es handle sich bei den Knochen nicht um die Reste einer Kannibalen-Mahlzeit, vielmehr um den nur teilweise verzehrten Jagderfolg der Inselkatze. Bei Höchststand der Sonne werde ich zur Nachbarinsel befohlen, um mich testen zu lassen. Da ich kein öffentliches Boot nehmen darf, beschließe ich zu schwimmen. Jetzt kommt wieder Leben in meine Glieder.

Mit kräftigen Zügen durchpflüge ich die Wogen der See. Leider liegt die Insel mit der Teststation nur wenige Minuten von meiner Bucht entfernt und ich bin da, noch ehe ich mich warmgeschwommen habe. Ein Mann in weißem Astronautenanzug nimmt meine Daten auf, die er zuerst nicht versteht, weil Mundschutz und die Entfernung zwischen uns die Kommunikation erschweren. Nachdem er neue Einweghandschuhe aus himmelblauem Plastik übergestreift hat, zückt er ein Wattestäbchen. Ich huste wie befohlen ein-, zweimal heftig in die Gesichtsmaske, öffne mein hochinfektiöses Sprechwerkzeug und Mann und Stäbchen holen sich was sie brauchen aus Mundhöhle und Rachen. Ich spüre förmlich wie der Astronaut in seiner Ganzkörperisolation die Luft anhält, als er den Abstrich nimmt. So schnell wie ich gekommen bin, so schnell muss ich die Testungsinsel wieder verlassen.

Zurück in meiner Bucht sinniere ich über Gott und die Welt, außerstande, die einfachen Dinge des Lebens zu begreifen. Das Schwimmen hat mir gutgetan. Mein Körper pulsiert wie ein Kraftwerk, hingegen der Geist schwächelt. Zwei bis vier Tage werden laut Einschätzung des Testungsastronauten bis zur Auswertung meiner Speichelprobe vergehen. Mach es dir gemütlich in deiner Bucht, rät meine innere Stimme, die ich in der Einsamkeit überdeutlich vernehme. Du wirst Zeit haben, dein geheimes Wissen zu kultivieren, von dem auf dem Schiff niemand etwas ahnt. Hexen sind zäh, lache ich hexisch. Sie fürchten sich auch nicht vor dem Klabautermann, der in der Flotte schon lange umgeht.

Unsichtbar für die geschäftig Betriebsamen klopft er die Planken, Wände und Zwischendecks ab, um verfaultes Holz und undichte Stellen zu finden. Er heult, wenn wieder einmal einer der Mittellosen von Bord geht, zu schwach sein Tagwerk zu erfüllen; wenn sich die höheren Dienstränge über den Ballast an Arbeitslosen wie –unwilligen mokieren und die Schlagseite des Schiffes beklagen, die durch Anhaftungen immigrierter Organismen am Schiffsrumpf entstehe. Wahrscheinlich ist auch der Klabautermann einer der in Form von Miesmuscheln, Rankenfüßlern, Seepocken und Krebspanzern wuchernden Schmarotzer, sagen uns die Offiziere, ein Foulingprodukt, nur auf den ersten Blick erfreulich anzusehen. Zwar erinnert das, was wir uns im Mittelmeer eingefangen haben, in seiner beeindruckenden Vielfalt an ein buntes

Korallenriff, aber hier, bei uns, ist es unerwünscht. Afrikanische und orientalische Ornamente schimmern unter der Wasserlinie und bezeugen das an den Planken wuchernde Leben. Die wenigsten an Bord haben einen Tauchgang hinter sich und wissen von der Schönheit dieser Community. Die meisten hören auf das Credo des gleichgeschalteten Mannschaftsgeistes, der die Anhaftenden verantwortlich macht für die Erhöhung des Strömungswiderstands unserer Fahrt. Sie verursachen Beschädigungen am Schiffsrumpf, was regelmäßige Antifouling-Maßnahmen nötig mache. Mechanische Entfernung und Biozide, vor allem im Vorfeld von diversen Belegschaftswahlen großflächig versprüht und wortreich mit „Wir zuerst"-Parolen gewürzt, bringen Stimmen und tun deshalb ihr hochgiftiges Werk.

Der Klabautermann aber entgeht Abschiebungen wie Vergiftungen und lässt sich nicht davon abhalten, den Nautikern an Bord der AUT Cruises weiterhin die nächtliche Ruhe zu rauben. Man munkelt, dass Admiral Lang schon seit längerem an Schlaflosigkeit leide, weil ihm der Kobold des Nachts seine kurzen Ohren lang ziehe. Tagsüber lässt sich der junge Kommandant nichts anmerken. Die Message Control, die er seiner Gefolgschaft und den wenigen grünhaarigen Verbündeten des Führungsstabs auferlegt, gilt auch für seine Gesichtszüge. Er lässt sich nicht einmal etwas anmerken, wenn ihm das Rote Bündnis der Belegschaft jegliche Qualifikation abspricht, habe er sich doch vor der Betrauung mit dem Kapitänsamt lediglich in Binnengewässern bewährt. „Was für eine Landratte!", spottet es im blauen Eck des Fun-Cruisers. Admiral Lang verschließt seine kurzen Ohren. Eine wahre Führungspersönlichkeit hört weder auf Einflüsterungen vom rechten noch vom linken Eck. Backbord wie Steuerbord sind ihm egal. Wortgewandt setzt er auf Mitte, in allem, was er tut.

Wie klar mein Blick auf die Geschehnisse an Bord der Schiffe ist, seitdem ich Abstand habe! Nächtens auf dem Sitzstein in meiner Bucht hockend, vernehme ich deutlich, wie der Kobold an Bord umgeht. Wahrscheinlich zeigt er gerade dem Zimmermann, was zu reparieren ist. Im Laderaum poltert er besonders laut. Ob die Fracht verrutscht ist, die Güter gleichmäßig verteilt, dann neu gesichert werden müssen? Rechnet der unbeugsame Klabautermann etwa mit weiterem Ansteigen des Meeresspiegels, mit dem Verschwinden von Anlandehäfen und erschwerten Bedingungen bei der Ausbeutung in Abhängigkeit gehaltener Rohstoffkolonien? Eigentlich ist der Kerl ein guter Geist, sinniere ich. An Bord tun sie so, als glaubten sie nicht an ihn. Warum aber wird er dann derart gefürchtet? Wer ihn zu Gesicht bekommt, dem drohe großes Unglück, lehren uns die alten Bücher der Flotte und bin ich als Pädagogin auch im neuen Lehrplan angehalten, meinen auszubildenden Matrosen und Matrosinnen beizubringen.

Mal sehen, was mir der Wind noch so zuflüstern wird, während ich hier auf meiner Insel ausharre und der Rückkehr in den Dienst auf dem Schulschiff entgegensehe.

Woche vier / Das Loch

Ahoi! Ich bin wieder an Bord! Das negative Ergebnis meiner Testung, in diesem Fall eindeutig als positiv bewertet, ermöglicht mir, nach insgesamt einer Woche Inselexil meine Lehrtätigkeit wieder aufzunehmen. Die Kajüten meiner Schützlinge sind während der Unterrichtseinheiten nur halbvoll, weil ein erheblicher Teil von ihnen noch auf diversen Quarantäneeilanden ausharrt. Dies schenkt mir einen entspannten Einstieg und erleichtert die Gewöhnung an die eingeatmete Ausatmung unter Maskenpflicht. Pflichtbewusst versuche ich wieder auf den unruhigen Planken Fuß zu fassen, mir einen sicheren, breitbeinigen Gang anzugewöhnen. Aber etwas hat sich verändert. Sind es die Befehle, die ich nur noch teilweise verstehe? Sind es die Schiffe, die herausgeputzt wirken, irgendwie unpassend, die Führungsriegen hoch motiviert, leistungsorientiert, die AUT Cruises schnell, besser, höher als die Schwesternschiffe der europäischen Flotte?

Beunruhigt stelle ich fest, dass im Vorsegel des Fun-Cruisers, der uns hinter sich herzieht, zudem ein großes Loch klafft. Scharf abgegrenzte Linien deuten darauf hin, dass es nicht die Herbststürme waren, die das Tuch beschädigten. Was wurde hier aus dem Stoff geschnitten? Ich kann mich nicht entsinnen, welches Symbol dort unsere Fahrt bestimmte. Beunruhigt frage ich die Kameraden. Sie täuschen schlecht verstellt vor, ebenso wie ich vergessen zu haben, was dort prangte. Es muss doch jemanden geben, der sich nicht bloß des Zeichens entsinnt, sondern es mir auch in Erinnerung ruft. Weil ich nicht aufgebe und meine Erkundigungen über die Gangway zum Mutterschiff hin ausweite, wird dort Mat Dauerwelle auf mich aufmerksam. Er meldet, wie mir Lily Brezelzopf, meine Freundin im pädagogischen Stab des Schulschiffes, zusteckt, meine kritischen Fragen der Kommandobrücke. Sie kennt den undurchsichtigen Burschen von einer Liebelei – Gischt von Gestern, wie sie mir versichert. Zudem erfährt sie in ihrer Funktion als psychologisch versierte Seelsorgerin Vieles, was anderen verborgen bleibt. Der Mat habe es immer schon verstanden, sich mit allem und jedem gut zu stellen. Jetzt verdächtigt sie ihn, ein Spitzel zu sein. Und wirklich, von meiner Freundin gewarnt, fällt mir in den folgenden Tagen auf, dass der allseits beliebte Kerl geschickt versucht herauszufinden, was ich denke. Um mein Vertrauen zu gewinnen, schmeichelt er mir: „Versenk mich doch! Du siehst ja aus wie ein schnittiger Korsar nach deinem Landgang!"

Schleimerisch macht er auf guten Kameraden, indem er, von der offenen Tür aus meinem Unterricht folgend, unaufmerksame Matrosen maßregelt und sich ungefragt in pädagogische Belange einmischt. Am Nachmittag des vierten Tages wechselt er nicht nur vom Fun-Cruiser auf das Schulschiff, sondern erhält auch noch das Bett in meiner Schlafkajüte direkt unter mir zugeteilt. Von nun an nervt er mich bis spät in die Nacht mit seinen polemischen Welterklärungen, während ich in der kratzigen Decke meiner Koje Schutz suche.

An dem Wochenende fahre ich mit einem kleinen Beiboot zu dem deutschen Schwesternschiff. Nach mehreren vergeblichen Anlegemanövern gelingt es mir, mich an einem Poller festzumachen und unbemerkt an Deck zu gehen. Ich gebe mich als Lotsin aus. Niemand verlangt einen Ausweis, alle sind zu sehr in ihre Arbeit vertieft, um den blinden Passagier in mir zu erkennen. Schon bei meiner Annäherung habe ich bemerkt, dass in dem Vorsegel des flotten Schiffes ebenso ein Loch klafft wie bei der AUT Cruises. Als hätte man in Windeseile das Zeichen herausgeschnitten, da wie dort. Bei meinen Fragen nach dem mysteriösen Verschwinden des Symbols stoße ich auf dieselbe Ratlosigkeit, die gleichen ausweichenden Antworten. Niemand scheint sich darüber zu wundern, dass im Vorsegel das große Erkennungszeichen der Flottenschifffahrt fehlt, während die erforderlichen Signalfahnen munter am Mast wehen. Selbst in den gehäuft auftretenden Meeresflächen mit bedenklicher, oranger Algenblüte segelt das

Schiff, wie auch die anderen der Flotte, unter optimistisch-gelber Flagge.

Während die Crew in der Messe das Mittagsmenü, gepökeltes Fleisch mit Dosenbohnen, zu sich nimmt, schleiche ich mich an der Kombüse vorbei zur Lounge der Offiziere. Hier spricht man dem Donnerbräu zu und zählt überlaut die Toten der Flotte. Man brüstet sich, wie gut es an Bord mit den Betten in den Krankenkajüten bestellt sei. Weniger als ein Zehntel wäre mit Corona-Pestilenzia-Kranken belegt. Zehnmal so viele könnten sich anstecken, ehe es dort zu Platzproblemen komme und man Gefahr laufe, die ersten Toten dem Meer übergeben zu müssen.

Glücklicherweise gelingt mir die Rückkehr zur AUT Cruises und gleich darauf zur SSS Aerosol ebenso unbemerkt wie ich mich von Bord entfernt habe. Ich komme gerade recht zu der Übertragung einer Ansprache des Gesundheitsoffiziers Anschieber und unseres umsichtigen Admirals. Tagtäglich, ja stündlich werde der Kurs des Mutterschiffes den wechselnden Unwetterbedingungen angepasst. Alles sei im Lot, tönt die Stimme in beruhigendem, ja einlullendem Tonfall durch die Lautsprecheranlage in jede einzelne Kajüte. Auf den zunehmenden Fallout sei die Belegschaft angesichts der zu hohen Fallzahlen angehalten mit persönlicher Vereinzelung zu reagieren. Empfohlen werde die (noch) freiwillige Impfaktion gegen Grippe, grassierende Angstattacken und allergische Widerborsten. Besonders letztere gelte es von allen Schiffen fernzuhalten. Immerhin hätten Aufsässige schon Sicherheitsblasen zum Platzen gebracht und diverse Polster heißer Luft unter unserem Bug beschädigt. Verwundert stelle ich fest: Ich wusste gar nicht, dass die AUT Cruises ein Luftkissenboot ist. Für einen Moment vergesse ich zuzuhören.

Pflichtbewusst konzentriere ich mich wieder auf die Durchsage: „... ein Dienst an der Gemeinschaft. Jetzt gilt es Betten freizuhalten für aus dem Ruder laufende Pestilenzia-Entwicklungen. Winterstürme sind nur dann bedrohlich, wenn sie mit einem Fallout einhergehen. Es liegt an uns, diesen so gering wie möglich zu halten. Also werden wir ...“

Eine Sturmbö lässt das Schiff ächzen. Die Worte des Gesundheitsoffiziers verenden im Knistern der Lautsprecher.

Es ist bereits finster und ich gehe in meine Schlafkajüte. Mat Dauerwelle beobachtet mich, während ich durch das Bullauge in die Finsternis blicke. Ob er meine Abwesenheit tagsüber bemerkt hat? Auch Einfingerjack, dem dritten in unserer Kabine, fällt auf, wie mich der Neuzugang nicht aus den Augen lässt. Er macht seinem Namen alle Ehre und zeigt ihm den einzigen Finger seiner rechten Hand. Lustigerweise ist es der Stinkefinger. Bei jeder noch so kleinen Provokation hält er diesen wie den letzten Pfosten eines beschädigten Fünfmasters in die Höhe, eine Vorliebe, bei der er stets schelmisch vorgibt, Windrichtung und -stärke zu messen. Hier in der Koje steht zweifelsfrei fest, was seine Geste bedeutet.

Während ich noch immer meine Nase an das Glas des Bullauges drücke, ertönt das erste Mal in diesem Jahr das Nebelhorn. Alle zwei Minuten folgt ein langer Ton. Ich versuche irgendwo in der schwarzen Wand da draußen Positionslichter auszumachen und denke an meine Auszubildenden, die ich morgen wieder unterrichten werde. Es bringt nichts, mir über das Loch im Vorsegel noch weiter den Kopf zu zerbrechen. Von nun an werde ich meine Energie nicht verschwenden, sondern sie lieber der Vorbereitung meiner Lehrstunden widmen. Als die Koje unterhalb von meiner zu vibrieren beginnt, als habe dort jemand begonnen, die Bettpfosten mit einer Säge zu bearbeiten, weiß ich, dass Mat Dauerwelle eingeschlafen ist. Einfingerjack kann ich in der Dunkelheit zwar nicht erkennen, aber ich spüre, dass er wie ich wach liegt.

Am nächsten Morgen finde ich in der Tasche meines Pyjamas einen zerknüllten Zettel. Auf der Toilette entfalte ich die mir zugesteckte Botschaft. Das zerknitterte Papier zeigt auf schmutzigschwarzem Grund einen weißen Schädel und gekreuzte Knochen. Mit einem Schlag wird mir klar, was sich an der Stelle der Löcher in den Vorsegeln befunden hat. Es ist der Totenkopf, das Memento mori, an das wir im Angesicht der Pandemie nicht erinnert werden sollen. Lebt weiter, lautet das Motto unserer Flotte! Lasst euch nicht runterziehen! Gebt euren Sold aus und sei es für billigen Fusel. Esst Fisch, Fisch und noch mal Fisch! Konsumiert auf Klabautermann komm raus! Einschränkende Fangquoten gilt es später zu berücksichtigen, wenn wir wieder Oberwasser haben im Kampf gegen die Krise. Ich überantworte Ein-Finger-Jacks hingekritzelten Knochenschädel dem Meer, indem ich die Klospülung betätige und begebe mich in den Unterricht.

Woche fünf / Im Schiffsbauch

Seitdem sich Mat Dauerwelle in meiner Schlafkajüte breit-macht, krabble ich morgens vor Sonnenaufgang mit zerschla-genen Gliedern aus meiner Koje, zum einen wegen meines unruhigen Schlafs, zum anderen weil ich in der Frische des frü-hen Tages durchatmen kann. Sobald ich die abgestandene Luft der Kajüten und Gänge zurückgelassen habe, lege ich die Maske ab und lasse die Seeluft in meine Lunge strömen. Unbemerkt be-wege ich mich frei über das menschenleere Oberdeck.

Heute Morgen, am Beginn meiner fünften Woche, ist es drau-ßen noch stiller als sonst. Das Schiff dümpelt in spiegelglatter See. Nebelschwaden zaubern mir ein unklares Bild auf den Au-genhintergrund. In dem Moment, da sich eine Seemöwe auf der Reling niederlässt, vernehme ich Stimmen, die vom Schiffsbug zu kommen scheinen. Erschrocken fliegt der grauweiße Vogel auf. Ich bin neugierig geworden. Leisen Schrittes nähere ich mich ei-ner kleinen Menschenansammlung, wobei mir die vom Wasser aufsteigenden Schleier Deckung geben. Hinter einem der sicher verzurrten Rettungsboote verborgen, beobachte ich, wie sich drü-ben, auf der AUT Cruises drei Männer am Vordermast zu schaf-fen machen. Einer von ihnen ist gerade dabei, an dem eingeholten Segel ein neues Symbol anzunähen. „Aye-Aye, Admi-ral! Ich hab´s gleich", wehrt er die Ungeduld des Befehlshabers ab, den ich erst jetzt unter den verschwommenen Gestalten aus-nehme. Einige wenige Handgriffe und das Vorsegel ist wieder auf Schiene gebracht. „Hejo! Hejo!", tönt es aus heiseren Kehlen. Hejo! Kräftige Männerarme ziehen am Tau bis das schwere Tuch mit einem Knirschen am Top einrastet. In der morgendlichen Flaute hängt es schlaff wie ein Putzlappen.

Jetzt bemerke ich, dass an Bord der SSS Aerosol noch weitere Frühaufsteher die Szene auf dem Mutterschiff beobachten. Der gesamte pädagogische Stab wohnt der Zeremonie bei und kommentiert die Geschehnisse, wobei nach gutem, altem Brauch unterschiedliche Meinungen geäußert werden. Natürlich könnte ich nun auch meine Sicht der Dinge einbringen. Aber irgendwie fühle ich mich zu sehr im Nebel stehend, um ein gewichtiges Wörtchen mitreden zu können. Außerdem ist die Gruppe eben dabei, sich aufzulösen.

Kapitän Fit geht in Richtung Brücke. Unvermittelt hält er an und dreht sich noch einmal um. Mit geneigtem Kopf betrachtet er die müde herabhängende Flagge des Mutterschiffes. Dann ändert er seine Richtung. „Wird schon noch auffrischen", murmelt er, während er energisch an dem Rettungsboot, das mir Deckung bietet, vorbei, in Richtung Lounge geht, um dort seinen zweiten Frühstückskaffee einzunehmen. Am Bug treibt der diensthabende Offizier die Männer an, das Schiff klar zu machen. Nachdem sich die Truppe mit diversen Desinfektionsflaschen in die Unterdecks verteilt hat, wendet er sich der hübschen Praktikantin Mia Spargelbein zu. Der blutjunge Zugang im Lehrkörper der Belegschaft lehnt mit geziert überkreuzten Beinen an der Reling. Gemeinsam verschwinden die beiden in einer Kajüte. Niemand hat mich bemerkt.

Minuten später hebt sich das Vorsegel mit dem Erscheinen der Sonne, denn augenblicklich säuselt der Wind, als habe das Tageslicht ihn geweckt. Rot-weiß-rot glänzt das Tuch in den schrägen Morgenstrahlen, schwarze Großbuchstaben quer über den Streifen angeordnet: „AUF JEDEN AN BORD KOMMT ES AN". Um die Dringlichkeit der Botschaft zu unterstreichen, ist am Mast in Augenhöhe ein Schild mit der Zahl der Neuinfektionen des vorangegangenen Tages angebracht. Jeden Morgen wird es nun ausgetauscht werden, habe ich vorhin auf meinem Lauschposten vernommen. Ich befürchte, jeden Morgen werden die Zahlen in die Höhe gehen.

In den kommenden Tagen nehme ich in der bewegten See Kreuzer mit nationalen Flaggen an den Masten aus. Wie auf unserem rot-weiß-roten Banner strotzt ihre Beflaggung vor Durchhalteparolen. Überwunden geglaubte, völkische Symbole knattern

29

wie Maschinengewehrsalven auf den in Stolz geblähten Segeln der Schwesternschiffe. Patriotismus versprüht Optimismus: „Wir haben es im Griff", „Schneller als die anderen zum Impfstoff", „Rascher wieder Fahrt aufnehmen", „Remdesivir unser" ... Es sieht aus, als befänden wir uns auf einer Regatta, einem sportlichen Kräftemessen, bei dem nur der Sieger zählt und alle anderen Verlierer sind.

An Bord der AUT Cruises sowie der SSS Aerosol scheint man sich mit den einengenden Seuchenbestimmungen arrangiert zu haben. Obwohl Teile der Besatzung überarbeitet wirken, gibt es noch immer Rattengestalten, die keiner Tätigkeit nachgehen. Können sie nicht oder wollen sie nicht? Darüber wird weniger gestritten als sonst. Zu viele der im Sold Stehenden verrichten Kurzarbeit mit Zuschüssen auf reduzierten Lohn. Sie fühlen sich auf überraschende Weise plötzlich als Unterstützungsempfänger, wodurch sie den Schwächsten im Schiffsbauch auf unangenehme Weise näher rücken.

Während unser Schulschiff von diesen Problemen unbehelligt bleibt, sieht man auf dem Mutterschiff die Rattengesichter vermehrt am Oberdeck. Immer öfter spült eine Welle den einen oder anderen von ihnen ans Tageslicht. Wer in den Schiffsrumpf hinabsteigt, findet sie dort zusammengerottet und hört ihre Klagen über Enge und Atemnot. Die heruntergekommenen Gestalten tragen keine Masken, klumpen aneinander und beschweren sich darüber, dass sie in der Enge des Kiels ohnehin nicht Abstand halten können. Eine Schande sei das, wie die Flottengemeinschaft mit ihnen umgehe. Die AUT Cruises mit ihrem elitären Dünkel wäre das letzte Schiff, das sich mit ihnen auseinandersetzen wolle. Und wirklich, sobald es einen von den Rattengesichtern hochschaukelt, sorgt einer der Sozialmatrosen der Führungsriege dafür, dass er rasch wieder in den Tiefen des Schiffsbauchs verschwindet.

Gerade weil ich als Lehrkraft wenige Kontaktpunkte zu den Unterprivilegierten habe, erkläre ich mich schon seit Langem mit ihnen solidarisch. Immerhin zählt unser Mutterschiff zur Kategorie der Fun Cruiser. Es lukriert aufgrund seiner aufsehenerregend schönen Oberflächenbeschaffenheit einen beachtlichen Teil seiner Einnahmen aus dem Erholungs-, Spaß- und Reisesegment. Die indirekte Wertschöpfung des innerschiffischen und außerschiffischen Tourismus lag im vorigen Sternenjahr bei 15,3 % des Bruttoschiffsprodukts. Außerdem exportiert die AUT Cruises Hightech-Waren in alle Meere der Welt, weshalb sie, als relativ kleines Schiff sogar an der Spitze der Flotte mitsegeln darf. Ich wünschte mir, auf einem solchen Luxusmodell gäbe es keinen Anlass, in den Untergrund abzutauchen zu müssen, um dort ein Leben unter tristen Bedingungen zu führen. Wäre es so, brauchte im Schiffsbauch niemand aufzubegehren. Immer öfter frage ich mich, was die Maßnahmen, die unseren Schulalltag derart erschweren, bringen, wenn andere so tun, als wären alle Verordnungen des Gesundheitsoffiziers reine Schikane. Müssten wir nicht die Schotten dichtmachen, um der Ansteckung zu entgehen, die uns von der Dunkelziffer an Unterbelichteten der tieferen Etagen droht? Wie sehr ich mich bei meiner Einschätzung der Lage täusche, werde ich bald feststellen.

Im Unterricht und, soweit ich es überblicke, auch bei den restlichen systemerhaltenden Tätigkeiten befolgen alle diszipliniert, ja ergeben, die fast täglich verschärften Bestimmungen Admiral Langs. Ab kommenden Freitag benötigt man für jede Art von Belustigung, an der mehr als sechs Personen teilnehmen, die Genehmigung des Gesundheitsschiffes. Nicht einmal das erregt noch die Gemüter der willigen Belegschaft, obwohl Feierabende ohne Rotlichtdamen, Trinkrunden und Schifferklavierdarbietungen wohl wenig Anlass zum Feiern geben werden. Wenn wir hier oben unser Bestes geben, sollten die da unten ebenfalls ihren Beitrag leisten, befinde ich erneut und beschließe, mir ein Bild von den Zuständen im Schiffsbauch zu machen.

Während ich die Decks hinabsteige, wundere ich mich, wie weit es zu den Rattengestalten hinuntergeht. Unerfreulicherweise begegnen mir in den engen Treppen Matrosen und Matrosinnen, die sich bei meinem Anblick erschrocken ducken und in der

Dunkelheit des Ganggewirrs verschwinden oder sich in die nächste Kajüte wegdrücken. Einmal, als ich über das Bein eines quer über den Gang liegenden Mannes stolpere, meine ich in dem ungehalten zu mir Aufblickenden Kollegen Astrein zu erkennen. Er nuckelt an einer Falsche Aquavit und schunkelt zu dröhnenden Klängen aus seinem Kopfhörer. Ich muss mich getäuscht haben. Was sollte ausgerechnet einer der pädagogischen Strategen des Schulschiffes hier unten treiben?

In den untersten Decks nimmt sich niemand ein Blatt vor den Mund. Keine Sicherheitsblase fängt jemanden auf, der nicht mehr tiefer sinken kann, heißt es. Wer vor der Pestilenzia nichts hatte, hat jetzt auch nichts, trotz des angeblichen Geldregens unseres großzügigen Admirals. Der Boden des Schiffes bleibe trocken, versuche von vergammelten Vorräten zu leben, die oben niemanden mehr interessierten. Wer an Vorerkrankungen leide, zittere unten ebenso um sein Leben wie oben, nur gebe es hier eindeutig mehr Risikobehaftete und schlechtere Medizin. „Scher dich ans Licht, wo du hingehörst!" tönt es mir unfreundlich entgegen.

Die Jungen lästern, die Alten verspotten mich. Als sie mir zu sehr auf den Leib rücken, weiche ich nach oben aus. „Klopf doch mal in deine Birne, warum die Fischköpfe unseren Knochenmann aus dem Vorsegel schneiden, wo doch alles angeblich so klar läuft", knarzt ein Männlein mit brüchiger Stimme, das mir gerade bis zu den Augen reicht. Eine Frau hustet mir nach: „Verrecke, Landratte!"

Das kleine Kind, das auf ihrer Hüfte sitzt, hat fiebrig glänzende Augen. Als die Frau einen Schritt zur Seite macht, blicke ich direkt in das Gesicht des zweiten Offiziers. Er senkt den Blick nicht. Stattdessen schaut er mich herausfordernd an, als warte er auf einen unbotmäßigen Kommentar von mir, den er am nächsten Tag gegen mich verwenden kann. Ausgerechnet einer der Think Tanks der Flotte mischt sich unter das Schiffsprekariat, den Abschaum, der, wie es oben heißt, schuld an allem ist – mitverantwortlich auch für die jetzige Krise? Mit zusammengebissenen Zähnen trete ich den Rückzug an.

Wieder in höheren Gefilden angelangt, wächst meine Entmutigung, als ich gleich aus mehreren Kabinen Partylärm vernehme. Ziviler Ungehorsam oben wie unten. Superspreader wechseln von Kajüte zu Kajüte, verbreiten sich am Oberdeck wie Quallen im Schmutzwasser des Hafens. Darüber hinaus entdecke ich am Horizont Beunruhigendes. Ist es eine Luftspiegelung oder real? Vorsichtig klettere ich den Mast hoch und weiter ins Krähennest. Es kostet mich Überwindung, da ich nicht schwindelfrei bin. Zudem herrscht schwerer Seegang und der Wind bläst mir um die Ohren.

Die AUT Cruises mit der SSS Aerosol im Schlepptau segelt mit vollen Segeln, hart am Wind, die Schiffe stampfen. „AUF DEN WELLEN DES ERFOLGS" flattert das heutige Schiffsmotto in Großbuchstaben am Vorsegel. Mich aber interessiert, was sich da im maritimen Süden abspielt. Im kreisrunden Gesichtsfeld meines Fernrohres taucht ein heruntergekommener Kahn auf, später noch einer und ein dritter. Offenbar herrscht reger Verkehr am Rande unseres Wahrnehmungshorizonts. Ich bemerke, wie hoch das Meer dort steht, noch höher als hier. Und das heißt was. Ab und zu nähert sich ein kleines Schlauchboot den stolzen Schiffen der imperialen Flotte, viel zu viele Menschen darin. Bevor eines von ihnen einen Luxussegler erreicht, kentert es. Mann, Frau, Kind und Maus gehen unter.

Nachdem ich meine mittägliche Ölsardine ohne Appetit zu mir genommen habe, morse ich dem Mutterschiff meine Beobachtungen. In bemüht sachlichem Ton frage ich, ob denn die Tragödie im Mittelmeer bekannt sei? Zähle man die Toten dort ebenso akribisch wie die Toten der Flotte? Der Stab des Flottenadmirals reagiert ungehalten. Habe denn die SSS Aerosol keine anderen Sorgen? Immerhin seien die heimischen Buchten erfolgreich abgedichtet. Was kümmerten mich die in weiter Ferne, jetzt, da die massenhafte Ausrottung von Menschen unseres Schlages drohe. „Dann schert euch wenigstens um *alle* an Bord", liegt es mir auf der Zunge. Ich überlege noch, wie ich zur Sprache bringen kann, dass zahlreiche Befehlsverweigerer unser mühsam aufrecht erhaltenes Contact Tracings ad absurdum führen, als die Verbindung unterbrochen wird. Offenbar will man auf der Brücke nichts weiter hören. Unserem Admiral Lang kommt von meinen Anliegen sicher nichts zu (seinen kurzen) Ohren.

Am nächsten Morgen lese ich am Vorsegel: „AUGEN ZU UND DURCH". Die Zahl der Neuinfektionen zeigt eine exponentielle Entwicklung. Noch immer kein Grund zur Sorge, beruhigt die Lautsprecherdurchsage während des Frühstücks. Unser Meeresabschnitt ist gelb, die vier roten Brandblasen in benachbarten heimischen Gewässern gut isoliert.

Mat Dauerwelle scheint das Interesse an mir verloren zu haben. Seelenruhig mümmelt er an seinem Schiffszwieback. Er zeigt sich wieder einmal mit allen Wassern gewaschen, als es darum geht, sich eine zweites Kännchen Kondensmilch zu erschwindeln. Misslaunig beobachte ich sein Treiben. Schlechte Träume der letzten Nacht liegen mir im Magen. Ich wische die Gedanken an die Rattengesichter und den zweiten Offizier im Schiffsbauch zur Seite. Es hilft nichts, der Kaffee schmeckt nach Abwaschwasser. Die Arbeit, Mittag- und Abendessen verlaufen ebenso unerfreulich.

Vor dem Schlafengehen beschließe ich noch einen Schlaftrunk an der Bar zu mir zu nehmen. Während ich meine angegriffenen Magennerven mit einem dampfenden schwarzen Tee zu beruhigen suche, kippt sich neben mir Mat Dauerwelle einen Hochprozentigen nach dem anderen hinter die Augenklappe und prahlt mit seinen Abenteuern auf hoher See. Überstandene Monsterwellen, erlegte Riesenkraken, glücklich umschiffte Magnetberge und grausige Geisterschiffe purzeln förmlich aus seinem aufgerissenen Rachen. Offenbar will er seinen seit Tagen gleichen Mundschutz schonen, denn das Vlies liegt schmutzig feucht zwischen uns am Tresen. „Der eine dichtet, der andre trinkt Wein", höhnt der Trinkbruder zu fortgeschrittener Stunde in meine Richtung. „Schnaps macht dich weise, fällt dir nichts mehr ein."

Mat Dauerwelle hebt das x-te Glas auf mich. Seine Geste ist so überschwänglich, dass er die Hälfte des Aquavits verschüttet.

Verblüfft über den poetischen Ausbruch und die klare Rezitation des Reims fällt mir wirklich nichts ein, keine Entgegnung, schon gar kein locker hingeworfener Knüttelvers. Für einen Dichterstreit ist meine Zunge zu schwer. Zudem dreht sich mir alles im Kopf, obwohl ich keinen Tropfen Alkohol intus habe.

Es ist nichts, rede ich mir gut zu, während ich wach in meiner Koje liege. Vielleicht eine kleine Erschöpfung. Ich kann mich auf meine robuste Natur verlassen. Mit den zugegebenermaßen unerfreulichen Umständen werde ich fertig werden. Dennoch ärgere ich mich, dass der stockbetrunkene Aufschneider mir heute wohl noch bis tief in die Nacht hinein auf die Nerven gehen wird.

Woche sechs / Der Fliegende Holländer

Am Wochenende ziehe ich mich auf meine Insel zurück. Ich brauche Ruhe. Nicht einmal Freitag will ich sehen. Sonntag Nacht landen drei Einmaster in meiner Bucht. Auf den ersten Blick sieht es so aus, als strandeten Wilde auf dem Eiland. Und wirklich, den Booten entsteigen Seepiraten, aber auch Abtrünnige der Flotte, Deserteure in zerschlissenen Uniformen. Ich vermute, die Fahnenflüchtigen nehmen lieber das Leben als Freibeuter der Meere in Kauf, als noch länger den Rattenfängern zu folgen. Die windschiefen Masten ihrer behelfsmäßig zusammengezimmerten Boote zieren Segel aus Stofffetzen, die sie offenbar aus dem Wasser gefischt haben. Sofort erkenne ich, es sind die aus den Vorsegeln entfernten Totenkopfsymbole der Flotte, mit denen ihre Nussschalen den Wind auffangen; mindestens drei Knochenschädel pro Segel – ein schaurig schöner Anblick voll hintergründiger Ästhetik.

Es dauert nicht lange, bis einer der Männer, der zum Pinkeln ins Buschwerk der Bucht verschwindet, mich aus meinem Versteck zerrt und dem Gelächter der Ankömmlinge preisgibt. Ohne langes Raten ordnen sie mich, die ich verstockt Auskunft über meine Identität verweigere, der Besatzung des Schulschiffs SSS Aerosol zu. Ich weiß nicht, was mich als Lehrerin verrät. Sind es meine markant energischen Gesichtszüge, meine defensive Haltung oder meine taktischen Antworten auf ihre Fragen? Mag sein, es befindet sich unter den zwielichtigen Gestalten einer meiner Matrosen oder Matrosinnen früherer Ausbildungsgänge. In jedem Fall tönt mir bald, wenngleich gutmütiges, so doch boshaftes Gelächter entgegen. Links von mir patscht man sich auf die Oberschenkel: kurz, kurz, lang, kurz, kurz, lang. Rechts grölt es: „We don´t need no … education! We don´t need no … selfcontroll".

Ich bin aufgeflogen! Weil ich den Spottgesang still über mich ergehen lasse, verstummt der schräge Chor bald. Nur eine der

Seegören gibt noch immer nicht Ruhe und gellt mir ins Gesicht: „Teacher leave us kids alone!"

Am Abend hat sich der Aufruhr gelegt und man lädt mich sogar ein, am Lagerfeuer Platz zu nehmen. Wir sitzen Schulter an Schulter. Aquavit wird herumgereicht, die Flasche geht von Mund zu Mund. Als ich an der Reihe bin, zögere ich erst, wage dann aber nicht, den Freundschaftstrunk abzulehnen. Ich vertraue auf die Viren, Bakterien und Keime abtötende Wirkung des Hochprozentigen. Je später die Nacht, umso lauter das Gegröle. Am ausgelassensten wird das Treiben, als ein paar Jungs eine Handvoll dreckiger, am Strand aufgeklaubter Corona-Schutzmasken ins Feuer werfen und über den Flammen einen wahren Kriegstanz veranstalten. Ein Funkenregen steigt in den schwarzen Himmel. Gegen Morgen, als die Saufkumpanen und ihre trinkfesten Gespielinnen friedlich schnarchen, lässt sich ein halbwüchsiges Wesen, das ich erst auf den zweiten Blick als Mädchen erkenne, neben mir in den Sand fallen. Es lehnt seinen Kopf an meine Schulter. Ohne ein Wort beobachten wir das bleiche Rot im Osten. Eben schiebt sich das leicht gedellte Rund unseres Sterns aus dem Meer.

„Bei uns an Bord geben vielleicht mehr Verseuchte den Löffel ab als auf eurem schicken Ozeankreuzer", murmelt das Mädel ohne Vorwarnung, den Blick noch immer dem Sonnenaufgang zugewendet. „Aber wir lassen wenigstens niemanden allein abkratzen."

Verwundert linse ich hinüber zu dem Strubbelkopf an meiner Schulter. Ein richtiger Backfisch, nicht Kind, nicht erwachsen und dennoch klingt das junge Ding, als wisse es, wovon es spreche. ‚Eine Jugend, der keine Jugend geschenkt ist', denke ich mit Bedauern.

Ich frage in Richtung Osten; „Und? Habt ihr keine Angst davor, euch bei den Sterbenden anzustecken?"

„Entweder es erwischt dich oder es erwischt dich nicht. Glaubst du wirklich, du hast es in der Hand?"

Jetzt schaue ich dem Mädchen in die Augen. „Du bist jung",

urteile ich und schäme mich sogleich für meinen schulmeisterlichen Ton. Dennoch fahre ich fort: „Du hast alles noch vor dir. Wir Älteren aber ... "

Das Mädel steht auf und wendet sich zum Gehen. Zur Sonne hin sagt es: „Es geht um Würde."

Zum Frühstück gibt es Dosenkaffee und Knuspersprotten auf hartem Brot. Die Freibeuter schildern die Lage in den umliegenden Meeresbuchten. Die Gewässer jenseits des Isthmus Arlbergensis, aber auch die Fjorde der Hoheitsgewässer Westaustriacums seien längst rote Zone. Die Lage wäre dort auch deshalb so ernst, weil die Ortung der Falloutzentren in vielen Fällen nicht mehr gelinge. Der Piratenfunk warne davor, dass selbst das Fischen und Auffüllen von Wasservorräten sowie die Benutzung öffentlicher Boote zu Infektionen führe, so allgegenwärtig sei die Bedrohung. Von den Weltmeeren fehle jegliche Kunde, nicht einmal die Frequenzen des Piratenfunks gäben Auskunft über die virale Situation jenseits des Horizonts. Keiner von ihnen wüsste Bescheid darüber, was einen in der Ferne erwarte, weil sich auch ihre Bewegungsfreiheit auf die küstennahe See beschränke. Jetzt, da man nicht wisse, in welchen Häfen man anlanden dürfe und niemand in der Weite des Ozeans verschollen gehen wolle, nähmen sie mit altbekannten Gewässern vorlieb.

Nachdem die gar nicht so wilden Wilden meiner Insel den Rücken gekehrt und sich ihre Boote in alle Himmelsrichtungen verstreut haben, kehre ich pflichtbewusst auf mein Schulschiff zurück. Wie sich bald herausstellt, wird die Woche sechs auf der SSS Aerosol zum Belastungstest für meine Nervenkraft, eine Bewährungsprobe, der ich mehr schlecht als recht gewachsen bin. Nach meiner sommerlichen Freizeit, die mir mittlerweile so unklar in Erinnerung ist wie ein vorgeburtliches Leben, habe ich mich in einem Anflug von Leichtsinn dazu bereiterklärt, die Leitung der literarischen Agenden an Bord zu übernehmen. Seit eineinhalb Monaten untersteht mir somit ein Grüppchen idealistischer wie weltfremder Poeten, das von seinem Recht der freien Meinungsäußerung ausgiebig Gebrauch macht. Dabei führen die

Dichter die Klinge des Wortes mit Können und Finesse. Sich ein Blatt vor den Mund zu nehmen, erscheint ihnen noch unzumutbarer als dem Rest der Besatzung. Die Widerstände gegen die Seuchenmaßnahmen im Verein der Schiffsschreiberlinge und Leseakrobaten sind daher naturgegeben besonders groß.

Unglücklicherweise kollidiert der Beginn meiner Amtszeit als Vorsitzende der Wortsetzer mit dem Zurückfahren des Kulturbetriebs der Flotte. Von der Diversität kultureller Freizeitbeschäftigungen bleibt bis zuletzt der herbstliche Kinobetrieb. Mit vereinzelter Platzzuweisung darf man sich von Klassikern wie „Der alte Mann und das Meer", „Fluch der Karibik" und „Captain Hook" unterhalten lassen. Besonders der Kapitän der rot-goldenen Galeone, gekleidet in die vornehme Mode des 17. Jahrhunderts, lässt uns in eine willkommene Scheinwelt abtauchen. Federhut, blauer Kapitänsrock, Dreispitz, Seidenstrümpfe und Schnallenschuhe, lange Korkenzieherlocken in glänzendem Schwarz, Degen und diverse Pistolen – wer will sich heute nicht als Held fühlen, wo wir doch alle Helden sind, solange wir uns an behördliche Auflagen halten. Leichenhafte Blässe eint unsere Gesichter mit dem Antlitz von Captain Hook ebenso wie unsere mittlerweile in tiefen Höhlen liegenden Augen. Seine werden rot, wenn sie wütend sind, unsere vom Weinen. Aber das muss ja niemand wissen.

Dass bei den Abendvorstellungen Streifen wie „Mobby Dick", „Das Boot" und „Waterworld" zensuriert sind, scheint vorerst niemandem außer mir aufzufallen. Enthalten diese esoterisches Gedankengut und / oder liegt ihr Handlungsstrang zu nahe an der uns bevorstehenden nahen Zukunft? Ich, in meiner Rolle als Kultur-Ermöglicherin, sehe mich zunehmend auf verlorenem Posten. Singen in der Kneipe ist seit Herbstbeginn verboten. Rotbart-Anna trällert seitdem nur noch in Richtung hohe See, wenn das Schiff stampft und ihre unerlaubten wie ekstatischen Stimmbandübungen übertönt. Tanz nach Feierabend betreiben nur noch ältere Semester, die bei ihrer Selbstinszenierung keine andersgeschlechtlichen Partner an sich drücken wollen und deshalb die geltenden Abstandsregeln hinnehmen. Holzbein

Klaus ist einer von ihnen. Das Jungvolk bevorzugt hingegen die Ertüchtigung an den Seilen und Angelwettbewerbe, somit Freizeitaktivitäten, die den Körper schulen. ‚Mens sana in corpore sano', tröste ich mich und hoffe, dass sich einer der Fitten abends als Zuhörer in meine mühsam organisieren Lesungen verirren wird.

Nach Wochen im Gegenwind muss ich mir jetzt, Ende Oktober, eingestehen, dass die behördlich geforderten Sicherheitskonzepte und Anmeldungsverfahren das öffentlich-literarische Leben an Bord abwürgen. Unglücklich beobachte ich den Widerstand der Belegschaft gegen eine angedachte Alkoholverordnung, während die Zunft der Schreiberlinge unbemerkt, ja unbeweint, unterzugehen droht. Als nämlich der Gesundheitsoffizier Anschieber eine Schließung von Bars um 23:00 Uhr ankündigt und den Ausschank von Aquavit zu nachtschlafener Stunde verbieten will, kommt es beinahe zu einer Meuterei. Niemand solle es wagen, den Konsum der kulturstiftenden Droge einzuschränken. „Ohne täglichen Suff keine Arbeit", skandiert man in Sprechchören am Oberdeck. Unten im Schiffsbauch bleibt es ruhig. Der Hochprozentige, der dort in Sherryfässern aus Eichenholz gelagert, 16 Wochen lang auf den Wogen schaukelnd vor sich hin reift und dabei zumindest einmal die Linie des Äquators queren muss, kann problemlos abgezapft werden. Aquavit ist somit der Vorrat, der bei den Rattengesichtern zuletzt zur Neige gehen wird. Auch Smutje Hefekloß muss sich keine Sorgen machen, dass sich Hygieneauflagen und zeitliche Beschränkungen seines Meeresfrüchte-Buffets geschäftsschädigend auswirken werden. Wenn es ums Essen geht, kennen Seeleute keinen Spaß und einschränkende Vorschriften verschwinden unzerkaut in den Gedärmen der schwer arbeitenden Belegschaft.

Währenddessen versuche ich in meiner Funktion als Literaturbeauftragte, die Verordnungen zu den wöchentlich vom Krähennest verkündeten Gesetzen zu durchblicken. Offenbar hält sich der für Kulturagenden zuständige Sportoffizier des Mutterschiffes an die Tradition der mündlichen Überlieferung maritimer

Gesangskunst und Lyrik, denn schriftliche Festlegungen gibt es erst, wenn bereits das neue Gesetz in Kraft getreten ist. Dass es unseren Literaten wirklich an den Kragen gehen wird, erkenne ich Samstagnacht. Das lautlose Anlegemanöver eines Schiffes spüre ich, in meiner Schlafkoje liegend, an einem leichten Rucken des Schiffskörpers. Poller knirschen. Es folgen leise Schritte in den Gängen, Schiebegeräusche an Deck. Neugierig schleiche ich nach oben. Hat ein Lotsenboot seitlich angelegt? Ich kann keine Positionslichter ausmachen.

Da erkenne ich mit Entsetzen im diffusen Mondlicht die zerschlissenen Segel des Fliegenden Holländers. Der Verfluchte hat uns geentert und liegt nun seitlich zwischen der SSS Aerosol und dem Mutterschiff! Mein Blut erstarrt. Regungslos werde ich Zeuge einer Bücherentsorgung. Graue Gestalten vom Geisterschiff bewegen sich lautlos auf heruntergelassenen Stegen von einem Schiff zum anderen und befördern die Kulturlast der AUT Cruises auf das Geisterschiff. Über eine schmale Gangway weitet sich der Übergriff auf das Schulschiff aus. Der Erste Offizier beaufsichtigt die Nacht-und-Nebel-Aktion. Ob die Führungsriege von den Vorgängen Kenntnis hat? Zwei der Schreiberlinge meines Vereins beobachten mit mir fassungslos die Szene. Nur Seemann Kuttel Daddeldu, einer der leidenschaftlichsten Poeten an Bord, leistet Widerstand, indem er sich den seelenlosen Gestalten in den Weg stellt. Umsonst. Diese schreiten einfach durch ihn hindurch! Selbst die Bände, die er den Grausigen in einem Anfall von Verzweiflung entreißt, entgleiten seinen Händen und stürzen in das schwarze, unergründliche Wasser. Als die Bücherberge umgeladen sind und der Fliegende Holländer die Leinen losmacht, klettert Seemann Kuttel Daddeldu über die Reling und springt im letzten Moment auf das Deck des Geisterschiffes. Er schlittert über die Planken direkt vor die Beine des unheimlichen Kapitäns. Dieser reicht ihm den Arm und hilft ihm auf. Kein Fluch, kein Toben, keine Geister der Hölle dringen aus dem Mund des angeblich bis ans Ende seiner Tage Verfluchten. Nein! Eine barmherzige Geste, ein Blick gegenseitigen Erkennens, von Mann zu

Mann. Beide auf verlorenem Posten. Eine Rückströmung lässt die SSS Aerosol erzittern, das Geisterschiff legt ab.

Als der Kahn längst im Dunkeln verschwunden ist, löst sich meine Starre. Poet Fridolin Scharfzahn flüstert mir zu: „Hast du den Blick gesehen, den die beiden Schwuchteln gewechselt haben? Es würde mich nicht wundern, wenn unser Kuttel Daddeldu den Verfluchten mit seiner Liebe erlöst. Haha! Die zwei haben sich verdient! Um unser Knuddelchen brauchen wir uns keine Sorgen zu machen!" Sagt es, dreht sich um und geht schlafen.

Am nächsten Morgen schiebt mir Fridolin Scharfzahn beim Frühstück einige Zettel auf den Tisch – eine Satire! Offenbar hat er die restliche Nacht schreibend zugebracht. Böse, untergriffig und unerträglich wie immer, gerade deshalb sind seine Texte die treffendste und wirkungsvollste Art, auf die Ereignisse an Bord zu reagieren.

Der Kapitän informiert die Belegschaft beim morgendlichen Appell darüber, dass unser aller hochgeschätzter Seemann Kuttel Daddeldu aus unerklärlichen Gründen letzte Nacht über Bord gegangen sei. Der knapp gehaltenen Ansprache in durchaus empathischem Ton folgt eine Schweigeminute. Ein leises Klimpern dringt während der verordneten Stille aus der Soldstube. Auf dem Weg zur Musikkabine werfe ich einen Blick durch den Spalt, den die halboffene Tür zur Verrechnungsstelle freilässt. Ich drücke mich in den Schatten eines Spinds und sehe, wie Jack o' Coins gerade dem ersten Offizier dreißig Silbertaler in dessen offene Hand zählt. „Gutes Geld", dringt es zufrieden aus dem Bart des Zahlmeisters. „Und die Bücher sind wir auch noch los", nickt der Ranghöhere und legt drei der Silberlinge auf den Tisch. Jack o ´Coins zuckt enttäuscht zusammen. Gleich darauf streift er seinen Anteil an dem nächtlichen Geschäft in seinen Klingelbeutel und hält dem Offizier devot die Tür auf.

Woche sieben / Die Schiffstaufe – der Schuldige

Kollege Lispelzahn vom pädagogischen Stab lässt sich zu einem Fluch hinreißen, als er vor der ausgeräumten Schiffsbibliothek steht: „Verffsenk mich doch!"

„Yo ho ho!", kommentiert Nautiker Pedro Durchblick die gähnende Leere. Einer der Neuzugänge im Lehrkörper versucht es mit einem frischen Ausblick in die Zukunft und verweist auf das überseeische, digitale Wissen, das so manches verstaubte Buch ohnehin längst obsolet gemacht habe. Mein Hinweis auf die sinnliche Haptik und das nach meinem Dafürhalten, widerständige Potential eines analogen Werkes in Händen, verklingt im Schweigen. Nur die Wände der leeren Bibliothek reagieren auf meine Worte mit einem Echo. Ich entsinne mich der Diskussion bei einer nicht allzu lange zurückliegenden pädagogischen Lagebesprechung, in der es um den Stellenwert von Sprache als künstlerischer Ausdruck ging. Damals hatte der Bildungsoffizier der AUT Cruises die Aufgaben zur Erlangung des Deutsch-Abschlussdiploms entrümpelt, und alle zweckfreien Anwendungen von Sprache wie beispielsweise die Interpretation von Gedichten ersatzlos aus dem Fragenkanon gestrichen.

Unsere Matrosen und Matrosinnen zeigen sich am Verlust des Buchbestandes mäßig interessiert, bevorzugen sie doch schon länger bei ihrer Lektüre Geheimcodes und Morsealphabet ihrer Social-Media-Geräte. Die leseunkundigen Sprotten freuen sich, als sie erfahren, dass ihre Trainingsstunden gegen den Analphabetismus ausfallen werden und freigewordene Unterrichtseinheiten sowie Kulturräume vorerst für geistfreie Kommunikation und Transfer in diverse virtuelle Welten zur Verfügung stehen. Es wird geliket, was das Zeug hält. An persönlich mitgeführter Hardware mangelt es weder bei den Großen noch bei den Kleinen. Smarte Geräte wachsen augenblicklich aus Hosentaschen, Rocksäumen und Dekolletees. Schon am zweiten Tag wuchern sie auf

Kästen und ehemaligen Bücherregalen, zwischen denen Matrosen und Matrosinnen zum gleichgeschalteten Beat ihrer Kopfhörer zucken.

Der für mittlerweile fünf Schiffe zuständige Hilfspfarrer Gottlieb Quall stellt beruhigt fest, dass der SSS Aerosol als letztes und einziges Schriftwerk die Bibel geblieben ist. Da soll noch einmal einer sagen, der Glaube sei nicht systemrelevant! Während eines Kurzbesuchs auf dem Schulschiff teilt unser ehrwürdiger Admiral mit dem Gottesmann die Erleichterung. Er vergleicht die Bedeutung des Buches der Bücher für den Mannschaftsgeist mit der einer Betriebsanleitung für das Schiff. Deshalb lag es auch auf der AUT Cruises, aus öffentlichen Geldern finanziert, in fast allen der Nachttische der Beherbergungskajüten bereit. Als der Pfarrer allerdings das Gerücht in Umlauf setzt, der Fliegende Holländer habe es nicht gewagt, sich an der Heiligen Schrift zu vergreifen, widerspricht ihm Admiral Lang vehement. Woher wolle er wissen, was sich in jener Nacht zugetragen habe, weist er Pfarrer Quall zurecht, wo er doch gar nicht an Bord gewesen sei. „Warst du Zeuge der Auferstehung, mein Sohn? Und doch glaubst du", entgegnet der Gottesmann unbeirrt wie mutig. Er schreitet an der Spitze dreier Betschwestern zum Bug.

Mit ausgebreiteten Armen posiert er dort wie ein Engel, der Mühe hat, nicht abzuheben. Dann segnet er den Erdkreis und besprenkelt die See mit Weihwasser. Der SSS Aerosol lässt er ungefragt eine Erneuerung ihrer Schiffstaufe zukommen. Dabei zerschellt er mit einer gekonnten Bewegung seiner feingliedrigen Hand eine Piccoloflasche Messweins an der Bordwand. Die erfahrenste seiner Betschwestern untersucht, ob der Korken wohl noch fest am oberen Rest des Flaschenhalses sitzt und verkündet die Gültigkeit der Taufe. Als Taufpatin fungiert die Jüngste der auserwählten Frauen. Sie ist weder rothaarig noch trägt sie etwas Grünes. Gut so, wäre es anders, würde es an Bord als böses Omen gewertet werden. Der pädagogische Stab wohnt der geistlichen Zeremonie bei. Die Offiziere, in obligatem Schwarz uniformiert prächtig anzuschauen, hören mäßig aufmerksam zu. Der dritte Offizier bekommt den Inhalt der Predigt nur in Ansätzen mit, weil ihm die mittlere der Betschwestern schöne Augen macht. Geistliche und weltliche Führung finden Gefallen an dem Geschehen. Die Belegschaft schweigt.

Weil am Nachmittag ein Entermesser für Unruhe sorgt, das glücklicherweise, bevor es Schaden anrichten kann, in den Polstern der Bücherei gefunden wurde, sieht sich Kapitän Reinmar Fit gezwungen, die Belegschaft zu einem Sonderappell zu vergattern. Matrosen und Matrosinnen, Lehrerschaft, technischer Stab und Führungsriege werden namentlich erfasst und nummerierten Punkten in Ein-Meter-Abständen zugeordnet. Ein Sicherheitskonzept für Hin- und Rückwege ist wegen der Ansteckungsgefahr ausgearbeitet und wird penibel eingehalten. Besonders gefährdete Personen platzieren sich im Krähennest, auf den Auslegern und deren Rettungsbooten. Ein Blick hinüber zum Mutterschiff zeigt, dass auch dort die Besatzung Aufstellung genommen hat.

Endlich kann es losgehen. Das Signalhorn kräht seine Pressluft in den Himmel, eine erschreckte Möwe scheißt Smutje Hefekloß in den Kragen und Kapitän Fit erhebt seine Stimme: „Kameraden! Kameradinnen! Eigentlich wollte ich auf interne Belange eingehen, aber nun schalte ich uns in die Übertragung einer Sondersitzung von der Brücke der AUT Cruises."

Aus dem Gewitter schwarz-weißer Punkte, die auf der überdimensionalen Leinwand flimmern, schält sich die Erscheinung von Admiral Lang. Zuerst knistert es in den Lautsprechern, aber dann ist laut und deutlich die Stimme des Befehlshabers zu vernehmen. In knappen Sätzen und mit unbewegter Miene untersagt er die Verbreitung von Fakenews. Speziell das Gerede, wonach ein Kaperschiff bei einem nächtlichen Überfall die Kulturlast unserer Schiffe gestohlen habe, wird unter Strafe gestellt. Die Entfernung der Bücher sei nachgewiesenermaßen ein Sabotageakt des dem Irrsinn anheimgefallenen Seemanns Kuttel Daddeldu. „Bei Gott, wir haben andere Sorgen, als irgendwelchen Büchern nachzutrauern", endet der besonnene wie gottesfürchtige Mann.

45

Eine energische Bewegung seines Armes, ein Zeigefinger, der alle Blicke zum Vorsegel befiehlt. „AUF GLEICHER WELLE", steht in schwarzen Großbuchstaben auf dem rot-weiß-roten Tuch, das regungslos wie die Mannschaft im Wind steht. Darunter die Zahl der Neuinfektionen. Sie lässt das Schiff erzittern. „5453", donnert die Stimme des Kapitäns über das Deck. Dann schweigt er vielsagend. Die Auflösung der Versammlung geht geordnet vonstatten.

In der darauffolgenden Nacht zeigt sich der Klabautermann. Wenngleich beim Frühstück niemand davon redet, wie, wo und in welcher Gestalt er gesichtet wurde, sehe ich es in den Augen meiner vereinzelten Tischnachbarn, dass er nicht nur bei mir war. Der Kobold hat mir etwas zugeflüstert. Das ist alles, was mir von meiner Vision in Erinnerung geblieben ist. Im Halbschlaf habe ich wohl vergessen, einen Gedächtnisanker zu setzen. Jetzt ist der Inhalt seiner Botschaft untergegangen im Ozean meiner Ängste.

Und noch anderes Unheimliches geschieht heute. Die Gezeiten sind doppelt so hoch wie sonst, obwohl wir fast Neumond haben. Das Echolot zeigt Tiefen und Untiefen an, die verwirren, stimmen sie doch in keiner Weise mit der Seekarte überein. Mehrmals wird der Sextant zu Rate gezogen, das Gerät justiert und wieder befragt. Die Zahlen ergeben keinen Sinn. Es kann doch nicht sein, dass von heute auf morgen sich untermeerische Riffe gebildet haben. Oder wachsen etwa Korallenstöcke dem steigenden Fallout entgegen? „Unsinn!", schimpft der zweite Offizier, während er in einem scharfen Wendemanöver ein Atoll umschifft, das an dieser Stelle noch nie gesichtet wurde. Verschwörungstheorien seien das Letzte, was wir jetzt brauchten, weist er mich zurecht und befiehlt meine Entfernung von der Brücke.

Am Nachmittag schlagen dem Schiff Wellenberge entgegen, ohne dass der Wind aufgefrischt hätte. Sie können wohl nur von Erschütterungen des unergründlichen Meeresbodens herrühren. Was tut sich bloß da unten? Beim Abendessen stochern die meisten von uns lustlos im Haferflockenbrei herum. „Was ist denn das für eine Seemannskost? Das sieht ja aus wie Kotze", mault einer vom Betriebsrat.

Den meisten schlägt jedoch weniger das Kinderpapperl auf den Magen sondern das in allen Kajüten umgehende Gerücht, wonach unser Kurs in die Irre führe. Wir näherten uns entweder den magnetischen Sanden der Nordmeere oder seien schon in Richtung Bermudadreieck abgetrieben. Des Nachts glätten sich die Wogen der See, nicht aber die aufgewühlte Stimmung der steigenden Zahl an Furchtsamen. Einfingerjack wird von einem starken Fieber befallen und fürchtet, todkrank zu sein. Auf seinen Wunsch hin wird ein Sarg in der Form eines Kanus für ihn gezimmert. Noch immer gibt es eine beachtliche Zahl an Pestilenzia-Verleugnern, die lautstark gegen die Schließung der Bar um 21:00 Uhr protestieren. Weil sie an Deck nichts ausrichten, ziehen sie sich geschlossen in den Schiffsbauch zurück. Ihre Schlafkojen bleiben bis weit nach Mitternacht leer.

Weil ich nicht einschlafen kann, verkrieche ich mich, eingehüllt in meine kratzige Decke, in eines der Rettungsboote und betrachte den Himmel. Die Sterne gleißen milchig über mir und verdoppeln sich im Spiegel des Wassers. In der schwarzen Tiefe kräuselt sich das Firmament in großflächigen Bewegungen. Fast sieht es so aus, als koche die See in Fieberschüben. Natürlich weiß ich, dass ich Unsinn denke. Vielmehr ist da etwas, das unter uns seine Kreise zieht.

Als das Orientierung spendende Bild des Großen Wagens untergegangen ist, sinke ich von einem erschöpften und zutiefst beunruhigten Wachzustand in eine nicht angenehmere Traumwelt ab. Aus den Wogen meines Unterbewusstseins hebt es sich groß, riesengroß, mächtiger als jedes bisher gekannte Lebewesen, weiß wie ein Leichentuch. Jetzt erkenne ich es! Es ist der Grenzgänger zwischen den Welten, dem Meer innewohnend und dennoch Luft atmend, unergründbar. Wir haben ihn nicht gejagt, wie es einst Kapitän Ahab tat – er, das menschliche Sinnbild für Fanatismus bis zum Wahnsinn. Der Mann, der sich mit dem Bösen messen wollte, das ihm einst nicht nur das linke Bein sondern auch seine

Seele geraubt haben muss. „Was ist nur los mit unserer Welt?", frage ich mich in meinem luziden Traum. Erst der Fliegende Holländer, dann der Klabautermann und jetzt Moby Dick, die Bestie, das Symbol der Zerstörungskraft der Natur? Ein winziges Auge erhebt sich aus der weißen Masse Fleisches. Ich schreie auf und erwache.

Glücklicherweise ist mein Rettungsboot tief. Es verbirgt mich vor dem Meer, vor neugierigen Blicken, vor meinen Ahnungen, denen ich aus dem Weg gehen will. Weil alles ruhig bleibt, denke ich über meinen Traum nach. Moby Dick – der große Roman des amerikanischen Schriftstellers Herman Melville, dem genialen Erzähler und Seher in der vielschichtigen Deutung der Geschehnisse seines Handlungsstrangs. Ich erinnere mich, dass der Weiße Wal in seinem Werk als Metapher für die fälschliche Annahme der Menschheit steht, alles durch Wissenschaft und zweckgerichtete Deutung regeln zu können. Melville verlieh Moby Dick, trotz naturwissenschaftlich fundierter Beschreibung seines Aussehens, menschenähnliche Charakterzüge und erhob ihn zugleich zu einem mit einer Gottheit vergleichbaren, scheinbar unsterblichen Wesen, das die Crew des Schiffes in den Tod führt. Hat Melville recht, wenn er uns Menschen als die allegorische Besatzung des Schiffes Erde beschreibt, das auf dem unendlichen Ozean unterwegs ist, auf der Suche nach der anderen Seite unserer Existenz? Ist das Meer wirklich eine Leinwand, auf die sich Träumereien projizieren lassen, eine imaginäre Bibliothek voll geistgemachter Verwebungen? Ein verhülltes Phantom des Lebens, in dem alles entspringt, in dem alles endet?

Beim Erscheinen des Tages lässt sich der Wal in die Tiefe gleiten. Ich spüre es und höre eine einzige Fontäne, einen tiefen Atemzug. Stelle mir die Finne vor, wie sie senkrecht steht und keine einzige Welle wirft, als sich der Wal dem Dunkel übergibt. Was bin ich erleichtert! Keiner außer mir hat ihn gesehen, keine Harpune wurde auf ihn abgeschossen! Es gibt noch Hoffnung. Wir werden es schaffen und nicht mit Mann, Frau, Kind und Maus untergehen.

Woche acht / Lockdown

Wir haben Anfang November und der Herbst geht ins Finale. Während die Inseln um uns in bunten Blattkronen erblühen und die Strände in tiefer Stille zu ausgedehnten Spaziergängen einladen, herrscht auch über der See noch immer ruhiges, spätsommerliches Wetter. Wessen Zeitbudget es möglich macht, nutzt die letzten Tage des Jahres, in denen die Witterung den Aufenthalt an Land begünstigt. Der Klimawandel juckt in letzter Zeit niemanden mehr, nicht einmal die früher in Sachen Zukunft protestierenden Matrosen und Matrosinnen. Sie haben andere Sorgen. Unser aller Denken kreist um die Rotalgenpest, die uns quasi über Nacht eingeschlossen hat.

Das erste Mal vernehme ich so etwas wie Alarm in der Stimme des Gesundheitsoffiziers Anschieber, als er inmitten unseres Rotlaufs ankündigt, dass sich die AUT Cruises nun auch noch den Sirenenfelsen nähert. Es fällt dem mittlerweile bereits seit acht Monaten an vorderster Front stehenden Krisenmanager hörbar schwer, noch länger Fels in der Brandung zu sein. Ist er müde geworden? Scheitert er eben daran, die verwirrend divergierenden Strömungen auf gleiche Wellenlänge zu bringen? Es strudelt ihn, wie das einfache Schiffsvolk so treffend sagt; eine Beobachtung, die mich nicht gerade beruhigt. Was viele an Bord schon erwartet haben, tritt ein. Gesundheitsoffizier Anschieber verkündet in gefassten Worten einen Lockdown. Auf Kommando des Admirals wird das Vorsegel eingeholt. Die AUT Cruises verliert augenblicklich an Fahrt. Das einzige, was nun noch im Wind knattert, ist die von den täglichen Ausbesserungen zerkratzte Tafel mit der unbarmherzigen Zahl 6000.

Das Mutterschiff stuft das Fahrwasser der SSS Aerosol als orange ein, obwohl rund um unseren Rumpf giftige Rotquallen blühen. Der Betrieb auf der AUT Cruises wird weitgehend auf Kabinenoffice umgestellt. Das Schulschiff beherbergt nur noch

Sprotten bis zum Alter von 14 Jahren. Matrosen und Matrosinnen des höheren Ausbildungskorps werden auf Morselearning umgestellt, wobei der einheitliche Code Teams vom Bildungsstab vorgegeben ist. Trotz der Ansteckungsgefahr sind wir vom Lehrpersonal froh, dass uns wenigstens die Sprotten geblieben sind. Damit es in den Ausbildungskabinen in Zukunft mehr Luft zum Atmen gibt, wird unser quirliges Jungvolk auf frei gewordene Räume aufgeteilt – eine willkommene Erleichterung des Schulalltags.

Erfreulicherweise bekommen die Alten der Belegschaft für ihre Freistunden das Krähennest zur Verfügung gestellt. Dem Wunsch dieses ohnehin kleinen Grüppchens vulnerabler Lehrpersonen nach einem Rückzugsort wurde generös stattgegeben. Es gibt keinen ruhigeren und aufgrund der guten Durchlüftung gesünderen Platz an Bord als den Ausguck am Hauptmast. Zudem erscheint er passend, denn die älteren Herren- und Damenschaften sind allesamt weitsichtig. Die Erreichbarkeit des ausgesetzten Beobachtungspostens hoch am Mast stellt unsere Rüstigen vor eine gut zu bewältigende Aufgabe. Die tägliche Kletterübung hält sie beweglich. Poetin Linda Holde Kunst, deren Name ein Pseudonym ist, wie man unschwer erkennen kann, und unser Aktionskünstler Pablo Anstrich sind so begeistert vom neuen Wirkungsort, dass sie sich nur noch zu diversen Unterrichtseinheiten auf die niedere Ebene ihres Brotberufs herunterbegeben. Die Gewöhnlichen der Belegschaft sind angehalten jeder für sich weiterzuarbeiten und dabei eigenverantwortlich auf die Herausforderungen zu reagieren.

Damit die AUT Cruises nicht gänzlich an Fahrt verliert, bleiben die Bordgeschäfte offen. Der neuerliche Lockdown sei eine Zumutung, zeigt die Führungsriege Verständnis. Am schlimmsten: die Kombüsen müssen zusperren. Immerhin bleibt ein Lieferservice für den Verzehr diverser Meeresfrüchte erlaubt. Tagsüber dürfen in abgeschlossenen Räumlichkeiten nur noch Personen aus zwei unterschiedlichen Kabinen zusammenkommen. Nachts sorgt eine Ausgangssperre zwischen 20:00 und 6:00 Uhr dafür, dass alle brav zu Hause bleiben. So müssen Liebespaare und heimliche Liebschaften ihre gemeinsamen Bedürfnisse außerhalb dieser Zeit, also bei Tageslicht, ausleben. Nachahmenswerte Vorbilder unter den Liierten lassen den Immunzustand testen, bevor sie ihre erogenen Zonen einander annähern. Contact Tracing ist, wie man sich denken kann, in solcherart pikanten Situationen unerwünscht, daher zählt der Gesundheitsoffizier auf befristet heldenhafte Entsagung.

Giovanni Amore, ein begabter Matrose der Kabine 8A, organisiert kurzfristig einen widerständigen Poetryslam am Heck des Schulschiffes. Da nur er an dem Wettbewerb teilnimmt, geht er aus diesem logischerweise als Sieger hervor. Trotz geltenden Verbots besingt er in schöner Schiffsbardentradition Isabella Blond, gesteht ihr mit exaltierter Gestik und rhythmisierten Zungenschnalzern seine Liebe und gelobt, die geltenden Abstandregeln zu ignorieren, sobald sie ihn erhöre.

Seine Anlasslyrik bleibt der einzige und wohl für längere Zeit letzte Kreativ-Ausbruch an Bord, denn natürlich, wenn wundert's, ist jegliche Art von Versammlung zur kulturellen Erbauung untersagt, ein Großteil der Kulturlast ohnehin schon weg. Gewerblich organisierte Kunstschaffende, Schausteller, Museumsverwalter und diesmal auch niederschwellige Kulturvereine sollen finanziell über Wasser gehalten werden. Ich überlege kurz, ob mein Club der Wortsetzer etwas vom Kuchen abbekommen kann, begreife dann aber, dass sich seine Bemessungsgrundlage auf null beläuft. 80% von Null sind … Das kann sogar ich!

Die Belegschaft des Schulschiffes hat mit der Umstellung auf teilweisen Fernbetrieb so viel zu tun, dass keine Zeit bleibt für Beschwerden aller Art. Ich, eine von den Alten im Krähennest, habe Angst. Als ich meine Furcht nicht länger verbergen kann, tröstet man mich. Nicht im Entferntesten wirke ich, als würde ich bald abgewrackt werden. Der Fallout würde einen weiten Bogen um mich machen. Die freundliche Ermutigung stärkt mich. Aber erst eine wirklich gute Nachricht lässt mich wieder Hoffnung schöpfen. Einfingerjack scheint genesen. Schon nach einer Wo-

51

che ist er wieder auf den Beinen. Weil er ja jetzt (hoffentlich) immun gegen die Pestilenzia ist, schenkt er mir seinen schiffsförmigen Sarg als Kiste für meine literarischen Notizen. Was will er mir damit sagen? Soll ich sie im Ernstfall dem Meer überantworten? Auch eine Art, seine Bücher zu veröffentlichen, stelle ich verwundert fest und erinnere mich an den Weißen Wal, den nur ich unter unserem Schiff gespürt habe. Moby Dick beschreibt ja das Meer aller Möglichkeiten als Ursuppe eines gemeinsamen Bewusstseins, das jedes Leben umfasst. Mir gefällt die Vorstellung, meine Bücher schwimmen zu lassen. Mal sehen, was noch kommt.

An dieser Stelle muss ich gestehen, in meinen Aufzeichnungen gelogen zu haben. Vielleicht sollte ich nicht so hart zu mir sein und meine Auslassung als Schwindeln bezeichnen. In jedem Fall war es falsch, als ich behauptete, es gäbe nur noch Bibeln an Bord. Da kaum jemand etwas von meinen literarischen Ergüssen weiß, kam nach der schicksalsträchtigen Nacht mit dem Fliegenden Holländer niemand darauf, sich nach meinen Schiffslogbüchern, Schwänken, Shantys und Unsinnsprüchen zu erkundigen. Sorgsam in meinem Spind unter marineblauen Hemden, Kitteln und Tellermützen verwahrt, liegen meine neun Werke fein säuberlich aufeinander gestapelt und führen dort ein untotes Dasein. Gerade das Gespenstische ihrer Existenz hat sie vor dem Zugriff des gespenstischen Seemanns bewahrt. Dass Einfingerjack von meinem Geheimnis wusste, rührt mich, dass er mich nicht verriet, macht ihn zu meinem Freund. Ich bin also nicht mehr allein auf dem falschen Dampfer. Wir geraten zu zweit in Untiefen. Da ist jemand, der mit mir aus Fliegenden Fischen und Delphinen Hoffnung schöpft, dem ich von der Windsbraut erzählen kann, die mir ihre Reime zuflüstert, jemand, der vielleicht sogar meine Gedichte in Ansätzen verstünde.

Das Grüppchen im Krähennest hat es sich bald wohlig eingerichtet. Die zugige Lage macht uns nichts aus, fühlen wir uns doch durch unsere Schicksalsgemeinschaft quasi gewärmt. Meine neu gewonnene Sicherheit, an Bord mit einer wie auch immer gearteten Seelenverwandtschaft rechnen zu können, erweckt in mir den verschütteten Drang nach Wortklauberei und Reimakrobatik. Wenngleich ich mich immer dagegen wehre, wenn meine literarischen Äußerungen als therapeutisch angesehen werden, gebe ich jetzt zu, dass angesichts des uns drohenden Unheils mir Dichten Kraft verleiht. Ich nütze fortan jede unbemerkte Minute im Krähennest, um auf der ruhigen Leeseite des Masts zu schreiben. Höhenflüge kündigen sich an. Das Krähennest wird dabei zum Spielball meiner Phantasie. Mein erster Versuch:

Die Krähen schrein
und ziehen schwirren Flugs durchs Watt.
Bald wird es schnein.
Wohl dem, der jetzt ein Schiff noch hat.

„Das ist ja frei nach Friedrich Nietzsche", bemängelt mein literarischer Ehrgeiz. „Ja, ja! Aber wer weiß das jetzt noch, wo doch alle Bücher fort sind", rechtfertigt sich mein Wunsch nach Anerkennung. Als der Widerstreit in meinem Inneren verstummt, habe ich die Freude an meinem Gedicht verloren. Es ist mir ohnehin zu düster. Also, auf ein Neues:

Die Krähe lacht. Die Krähe weiß,
was in dem Ausgedinge steckt,
der Alten Weitsicht hoch am Mast
so manches besser checkt.

Das Krähennest als Ausgedinge? – Das ist gut. Nein! Schon wieder ein Plagiat! Ein bisschen mehr von mir selbst aber immer noch erkennbar Joachim Ringelnatz. „Ääh? Wer ist denn das?", höre ich hinter mir meine Matrosen und Matrosinnen maulen. Natürlich ist da niemand. Glücklicherweise habe ich noch nichts aufgeschrieben. Wird schon noch werden, sage ich mir, klettere vom Ausguck herunter und verschiebe meinen Höhenflug auf unbestimmte Zeit. Der Schuldienst wartet.

Am darauffolgenden Morgen liegt Raureif auf den Segeln. Das Krähennest wacht über eine beredte Stille. Eine Flaute hat uns zum Stillstand gebracht und die Belegschaft schläft noch. Wunderbar! Wie ein Windstoß fährt die Idee für mein Krähengedicht in mich. Voll Eifer beiße ich mir auf die Lippen und beginne zu schreiben:

Leeres Tönen stiller Tage,
Starre klirrt in frostig Klingen.
Krähen krächzen, heiser Klage
sirrt im Tanz der Flocken Singen.

Himmel greint in Einsamkeit,
wähnt im Nordlicht schon die Zeit,
da er wieder voller Geigen ...

Halt, schon wieder vergreife ich mich an geistigem Eigentum! Jetzt ist es Duanna Mund, die ich epigonenhaft nachmache. Die Provinzlyrikerin kannte zwar schon vor der Bücherentsorgung niemand außer mir, dennoch: wie erbärmlich! Ich befinde mich in einer Schreibblockade, die sich gewaschen hat. Wütend knülle ich den Zettel zusammen und stecke ihn in ein Loch am Topp des Mastes. Der nächste Windstoß möge ihn sich holen. Wenn mir wenigstens die Musik geblieben wäre. Aber jede Art von kreativer Tonkunst ist ja im Lockdown sang- und klanglos untergegangen.

Wie zum Trost tönt plötzlich von weit her himmlische Musik. Frauenstimmen – mystisch, entrückt. Ich schließe die Augen. Als ich versuche zu erkennen, woher die betörenden Klänge kommen, erblicke ich am Horizont eine Felsgruppe, öde, menschenleere Eilande. Gleich darauf glänzt das Meer wie ein Seidenschal, glatt und wesenlos. Die Musik im Äther verhallt. Da schreibt meine Hand wie von selbst:

Albatros bin ich
vergessene Seele
Flügel der Einsamkeit
All-weltverbunden

Morgen für Morgen
auf steigender Sonne
Meer unter Schwingen
venusempfunden

Die Seele gespannt
Sirene an Land

Sorgsam falte ich den kleinen Zettel zu einem Papierflieger.
Den linken Flügel signiere ich mit „Robina Crusa". Dann lasse
ich ihn fliegen.

Woche neun / Sang- und klangloser Abgang

In den folgenden Tagen bleibt keine Zeit mehr für die ambitionierten Wendemanöver meines Geistes. Bei Seegang der Stärke 8 wurden auf allen Schiffen der Flotte die Stabilisatoren ausgefahren. Sieben Meter lange, flossenartige Scheiben sollen verhindern, dass sich die Schiffskörper über die Längsachse bewegen. Dennoch rollt die SSS Aerosol, wobei unklar bleibt, ob es das Schiff ist, das so ächzt oder die Belegschaft. Das Unheimlichste an dem Geschehen ist der Umstand, dass wir durch eine dichte Nebelwand fahren. Tobt das Unwetter irgendwo anders und hat uns die kochende See erreicht, während wir noch die Ruhe vor dem Sturm erleben? Dicke Tropfen legen sich auf alles, was dem Fallout ausgesetzt ist, die Feuchtigkeit dringt in jede Ritze toter wie lebender Materie.

Treffen an Deck im diffusen Licht zwei Lehrpersonen aufeinander, ist der Abstand zwischen ihnen bereits zu gering, um sich sicher zu fühlen. Aber wir kommen ohnehin nur noch selten zusammen und wenn, dann sieht es aus, als begegneten sich zwei Pinguine. Unter den schnabelartigen Masken erstirbt das Lächeln. Das muntere Ahoi unseres Grußes ist einem stummen Nicken gewichen. Das vogelartige Aussehen verdanken wir den FFP2 Masken, die vom Mutterschiff zur Verfügung gestellt wurden – zwei Stück pro Lehrperson. Das reicht nicht einmal für eine Woche. Nachschub ist ungewiss. FFP2? Mich interessiert die Bedeutung der Abkürzung. Mit der Übung der altgedienten Lehrerin werde ich rasch im weltmeerischen Wissen fündig: Filtering Face Piece – ja, das verstehe ich. Obwohl, was soll da gefiltert werden? Ich nach außen? Mein widerborstiges Denken und Fühlen? Haben wir einen Gleichschaltungsfilter eingebaut, um, wie uns die Schiffszeitung schon seit Wochen weismachen will, das Gefährdungspotential, das von der Lehrerschaft auf die Auszubildenden einwirkt, zu minimieren? Wenn ich an unser willfähriges Verhalten im Schulbetrieb denke, erscheint mir der Gedanke überprüfenswert. Unsere Sorgen und Zweifel dringen weder als verbale Botschaft nach außen, noch verrät uns das Mienenspiel. Wir alle sind ja angehalten, der Jugend ein möglichst normales, ja freudiges Lernumfeld zu ermöglichen. Aber die Filterwirkung dient auch meinem persönlichen Schutz, beruhige ich mich. Die Frage, warum wir allerdings nur zwei Masken pro Lehrperson zugeteilt bekommen haben, verursacht mir erneut Unbehagen. Jetzt ist wenigstens der Begriff vollständig geklärt. FFP-Zwei: Filtering Face Piece – zwei Stück für jeweils zwei Arbeitstage. Weiter denkt unsere Flottenführung nicht.

Schwer durch das dichte Gewebe meiner Nasen-Mund-Verhüllung atmend, stehe ich vor der Ankündigungstafel mit der Zahl 7545. In unseren Familien gibt es die ersten Toten. Die Sorge geht um, dass das Schulschiff nach der Entfernung der 15 bis 18-Jährigen von Bord auch seine Sprotten verlieren und komplett auf Morsebetrieb umgestellt werden wird. Es herrscht Endzeitstimmung und plötzlich haben sich alle lieb. Auffallend ist, wie sehr sich unsere Matrosen und Matrosinnen bemühen, ihre gestressten Lernbetreuer zu schonen. Offenbar spüren sie, dass uns nur noch wenige Tage Präsenzunterricht gegönnt sein werden.

Am dritten Morgen nach meiner Vision von der himmlischen Musik spricht es sich an Bord herum, dass mehrere Lehrpersonen den verführerischen Gesang vernommen haben. Als Admiral Lang eine weitere Verschärfung der Maßnahmen ab dem kommenden Tag ankündigt, erinnere ich mich an die Andeutung des Gesundheitsministers Anschieber, wonach wir uns den Felsen der totbringenden Frauen näherten. Wie Schuppen fällt es mir von den Augen, während ich mehr und mehr Nebelgestalten sehe, die ihre Sinne verschließen.

Am folgenden Morgen stehen wir schockiert vor der Hiobsbotschaft 9562. Die Zahl ist auf dem zerkratzten Untergrund der Tafel schwer lesbar. Viele von uns schenken ihr keinen Glauben mehr. Zudem ereilt uns wie befürchtet die Nachricht, wir hätten ab sofort nicht nur Schutzmasken sondern auch Kopfhörer zu tragen. Aha! Sie haben auf der AUT Cruises ebenso die verführerischen Stimmen vernommen. Noch vor Mittag wird jeder einzelne der Belegschaft mit Kommunikations-Ohrstöpseln aus Wachs ausgestattet. Auf diese Weise sind wir nach außen hin abgeschirmt und zugleich bei Bedarf mit der Informationszentrale der Brücke verbunden. Nichts sehen, nur Nebel! Nichts hören, sonst Sirenengesang! Nichts sagen, weil Message Control! Alle an Bord üben sich in Gehorsam. ‚Was wollen wir nicht wahrhaben, dass wir uns wie Affen benehmen?', schießt es mit durch den Kopf. In der nächsten Sekunde schäme ich mich meiner Angriffslust, die der Wehleidigkeit geschuldet ist. Sachlicher aber unbeirrt beargwöhne ich weiter das Geschehen um mich. Will die Flottenführung uns wirklich nur vor der Pestilenzia schützen?

Als mich aus den Kopfhörern die Botschaft von der vollständigen Schließung der SSS Aerosol sowie des Mutterschiffes AUT Cruises erreicht, wächst meine Irritation. Mann, Frau, Kind und Maus haben am kommenden Tag das Schulschiff zu verlassen und den Inselarrest anzutreten. Obwohl unsere Sprotten nur mangelhaft mit Morsegeräten ausgestattet sind, müssen sie ihre Seesäcke packen und werden ab sofort auf Fernkommunikation umgestellt. Menschen, die auf isolierten Nehrungen, kleinen Atollen und Riffen ein Single-Dasein führen, ist es im strengen Lockdown gestattet, einen zweiten Sonderling als Kontaktperson zu wählen, dem sie sich vorsichtig annähern dürfen. Überrumpelt wäge ich ab, wen ich zu meinem Lieblingsmenschen erheben soll und komme zu keinem Ergebnis.

Verwirrt suche ich im Nebel Einfingerjack, um ihn zu Rate zu ziehen. Weil ich ihn nicht finden kann, beginn ich zu rufen. Umsonst. Der Freund ist wie vom Schiffsboden verschluckt. Meine innere Stimme gibt keine Ruhe. Nicht einmal die gutgemeinten Trostworte und Ermahnungen der selbsternannten Welterklärer im Kopfhörer bringen sie zum Verstummen. Warum sollen wir uns bei aller Angst vor der Pestilenzia nun auch noch vor der Verführungskunst diverser Störgesänge fürchten? Was haben uns die Sirenen zu sagen? Was davon sollen wir nicht hören? Üben sie Kritik an unserem Kurs, an der wahnwitzigen Geschwindigkeit, mit der wir die Weltmeere ausbeuten? Deuten sie den viralen Fallout als Hinweis, ja Warnung, die uns der Große Geist des Wassers zukommen lässt? Singen sie von unserem kleinen Leben, an dem wir so erbärmlich hängen, weil wir verlernt haben, hinter den Horizont zu blicken? Ängstigt sich der Führungsstab vor einer singenden Revolution, die unter der Führung weiser Frauen Lösungsstrategien für weitere Existenzfragen der menschlichen Flotte einfordern könnte?

Am Abend sehe ich niemanden mehr ohne Kopfhörer an Bord. Ich klettere ins Krähennest und beschließe, dem Befehl zur Isolierung Folge zu leisten, den Gesang der Sirenen jedoch an mich heranzulassen. „Nicht mit mir", murmle ich und ziehe die Wachsstöpsel aus den Ohren. Die einlullenden Gute-Nacht-Lieder verhallen im Wind. Sorgfältig zurre ich den Kopfhörer mit einem losen Tau an dem Mast fest und versuche mich zu erinnern, was mir von den Sirenen bekannt ist. Immerhin sollte ich wissen, worauf ich mich einlasse, was mir diese Mischwesen aus Mensch und Vogel antun können. Schwer vorstellbar scheint mir, dass Musik mich in irgendeiner Weise zu gefährden vermag. Aflaophonos – die mit der schönen Stimme, Aglaopheme – die süße Rede, Himeropa – die sanft Tönende, Leukosia – die Weise, Molpe – das Lied, Parthenope – die Mädchenstimme, Peisinoe – die Überredende, Thelxiope – die Bezaubernde. Oh, diese Sirenen: Sie alle sind mir wesensverwandt. Warum soll ich ausgerechnet vor ihnen meine Sinne verschließen? Gönnen die Navigatoren der Flotte uns die Freiheit nicht, einem Zauber zu erliegen? Fürchten sie, wir könnten an den Fähigkeiten der übersinnlichen Wesen partizipieren, alles auf Erden Geschehende zu verstehen? Sind die Sirenen unsere Musen, oder gar der von vielen ersehnte Untergang, aus dem sich Neues erhebt?

Und wenn es das Letzte ist, was ich auf dieser Reise durch die Weltmeere mache. Ich werde mich dem Sog sphärischer Klänge nicht entziehen. Die Sirene in mir muss zu den Sirenen. Nur Einfingerjack könnte mich von meinem Vorhaben noch abbringen.

Ich lausche in den Nebel. Noch ist kein Gesang zu hören. Und niemand ruft nach mir, niemand sucht mich. Offenbar ist selbst mein Kumpel der Hypnose aus den Kopfhörern erlegen und rekelt sich längst in seiner Koje, ohne meine Abwesenheit zu bemerken. Erschöpft hocke ich mich in die hinterste Nische des Krähennests. Gleich darauf nicke ich ein …

Stürzendes Wasser, wie eine Ertrinkende schnappe ich nach Luft. Ich schlage mit Armen und Beinen um mich, kein Halt, ich sinke, tief … tiefer. Schwimme! Schwimme! Du willst noch nicht sterben. Es ist sooo kalt. Mein Herz setzt aus. Wirft mir denn niemand einen Rettungsring zu? „Mayday! MAYDAY!" Ich kann gleich nicht mehr. Kaum schaffe ich es an die Oberfläche, überrollt mich ein Wellenberg. Spielball zürnender Elemente ist mein lächerlicher Körper. Landtier – was legst du dich mit dem großen Wasser an? Wieder sinke ich. Tief, tiefer … Wo ist der Grund? Etwas streift an meinem Bein. Ich erstarre. Jetzt ist es an meinem linken Arm, schiebt sich unter den leblosen Leib, der schon nicht mehr mir gehört, hebt ihn hoch. Ein Wunder geschieht – ich bin wieder da! Schnappe nach Luft. Wo bist du? Mein Retter, wo? Eine weiße Finne steht regungslos vor mir, das Wasser darum glatt wie ein See. Der Mond schimmert im Spiegel und ein kleines Auge, viel zu klein für den Riesen der Meere. In der schwarzen Pupille des Wales erblicke ich mich. Kann ich vor ihm bestehen? Wie werde ich dem Meer erscheinen? Als Narziss, der selbstverliebt in seinem Antlitz ertrinkt? Was wird mir seine Tiefe sein? Herrin? Geliebte oder Untergang? Gibt es Rettung für mich? Habe ich eine Chance, eine allerletzte?

Als der Tag dämmert, treibe ich noch immer mit ausgestreckten Gliedern im ruhigen Wasser und blicke in den Himmel. Die Nebel haben sich gehoben und ich erkenne, dass ich in einer Strömung auf die singenden Felsen zudrifte. Rechts von mir nähern sich drei Zodiaks, kleine, wendige Schlauchboote mit kreischenden Außenbordmotoren. Ich strample, rufe und winke mit beiden Armen, als ich Gestalten in Schutzanzügen darin erkenne.

Sie drosseln die Motoren, beraten sich und drehen wieder ab. Meine letzte Hoffnung! Offenbar halten sie mich für einen Flüchtling, einen Illegalen, Afrikaner oder schlimmer noch, für einen Islamisten. Vielleicht aber wissen sie auch, dass ich von Fallout und Sirenengesang infiziert bin, jemand, den man alleine sterben lassen muss, um nicht selbst dem Tode geweiht zu sein. Als das Geräusch der Motoren hinter der Meeresrundung versinkt, erhebt sich mächtig der Gesang. Ich fürchte mich nicht mehr. Und wirklich – die Stimmen verleihen mir Kraft, schenken Lebensmut. Mit zuerst unsicheren, dann kräftiger werdenden Zügen schwimme ich in Richtung Sirenenfelsen. Tiefes Glück durchflutet mich, noch ehe ich gerettet bin. Zuletzt wäre ich in der meterhohen Brandung fast noch an einem Felsen zerschellt. Es hätte mich nicht gekümmert.

Nach Stunden, Tagen oder Wochen, vielleicht auch Monaten, wahrscheinlich unzähligen Jahren verstummt in mir die Musik. Brauchen auch Sirenen Schlaf, frage ich mich und schreite mit zitternden Knien den Strand ab. Irgendwo müssen sie ja sein, die Vogelfrauen mit ihrem goldenen Haar. Bevor ich die Verführerinnen entdecke, sehe ich das Geisterschiff. Kein Zweifel, es ist der Fliegende Holländer mit seinen zerfetzten Segeln aus Leichentuch, der da vor Anker liegt! Aber, was ist nur mit dem verfluchten Kahn geschehen? Ich erkenne ihn kaum wieder. Das Schiff sieht aus wie bei seiner Jungfernfahrt. Frisch gestrichene Planken, neue, kräftige Masten, kupferfarbene Reling … Und die Segel? Kein Leichentuch, wie auf den ersten Blick geglaubt, ziert die Takelage. Vielmehr ist es schneeweiße Seide, die eben von Männern mit munteren Liedern auf den Lippen hochgezogen wird. Eine vergoldete Gangway ist heruntergelassen. Am Strand, ich traue meinen Augen nicht, lagert der verfluchte Kapitän inmitten von geflügelten Frauengestalten. Auf Goldhaar gebettet rekelt sich lasziv Seemann Kuttel Daddeldu neben ihm. Währenddessen werden unablässig Bücherstapel von Bord getragen und Kisten voll goldglänzender Dukaten auf das Schiff gebracht. Offenbar hat der Fliegende Holländer das Geschäft seines Lebens gemacht. Ich erinnere mich an die dreißig Silberlinge, die er für die Kulturlast der AUT Cruises in jener finsteren Nacht gezahlt hat. Eine beachtliche Handelsspanne zolle ich dem Verfluchten Respekt. Gleich darauf knirsche ich erbittert mit den Zähnen, weil ich an meine neun Bücher denken muss, die im Spind meiner Kajüte auf der SSS Aerosol zurückgeblieben sind. Kein Kupferstück sind sie irgendjemandem wert gewesen.

Während ich noch mit meinem Schriftsteller-Schicksal hadere, löst sich unten am Strand das Gelage auf. Die Vogelfrauen tragen die Bücherberge ins Inselinnere, wobei jede von ihnen eine Last bewältigt, die das verschriftlichte Wissen der Menschen federleicht erscheinen lässt. Der Fliegende Holländer und Seemann Kuttel Daddeldu schreiten Hand in Hand über die goldene Gangway auf das Schiff. Im Nu ist die Seide gehisst. Drei Segel im Wind gleitet der prächtige Kahn aus der ruhigen Bucht. Ob seine wertvolle Fracht dazu beitragen wird, die überschuldete Flotte mit Finanzspritzen zu versehen? Immerhin haben die Admiräle versprochen, allen Opfern der Krise den Einnahmenentgang auszugleichen. Jeder an Bord weiß, dass sie es nicht aus eigener Tasche tun werden sondern mit Schulden und noch einmal Schulden, also dem Geld unserer Enkel und Urenkel. Der Fliegende Holländer könnte somit Generationen nach uns retten.

Doch plötzlich erhebt sich ein einziger Ton, sirrend, klar, nicht von dieser Welt. Das Schiff erzittert, eine Kiste mit Golddukaten kippt polternd um, reißt eine zweite mit, eine dritte. Wie Dominosteine stürzen die schwer beladenen Schatzkisten in Richtung Steuerbord. Das Schiff neigt sich bedenklich. Die erste Welle schwappt über die Reling. Ein zweiter sirrender Ton. Es ist als verneige sich das Schiff. Der dritte Ton gibt ihm den Rest. Der fliegende Holländer sinkt. ‚Endlich', denke ich. ‚Er ist erlöst. Und unser Kuttel Daddeldu auch.'

Bei den Sirenen
Wochen, Monate, Jahre, ein Menschenleben

Auf den Sirenenfelsen gibt es weder Raum noch Zeit. Ich weiß nicht, wie lange ich mich hier schon befinde. Gleichmütig habe ich den Vogelfrauen dabei geholfen, einen Tempel aus Büchern zu bauen, und dabei den Fallout vergessen. Ich frage mich nicht, ob er es war, der mich in die jenseitige Welt katapultiert hat und ob ich glücklich bin in diesem Matriarchat. Gefühle sind uns Sirenen fremd. Alles, was wir brauchen, ist unsere Musik.

Abends versammeln wir uns in einem Halbrund im Sand einer nach Westen abfallenden Bucht und erheben unsere Stimmen. Es ist ein Gesang zur Vereinigung von Sonne, Meer und allen Wesenheiten. Obwohl mein Leben als Lehrerin weit weg erscheint, erkenne ich deutlich den Unterschied: Nun trete ich vor freiwilligen Zuhörern auf, bestimme meine Botschaft selbst, bin in der Wahl des Tons und in meinem holistischen Zugang Herrin meiner selbst.

Nach der andächtigen Serenade entfalten wir die Schwingen und lassen uns vom Westwind über die Wolken tragen. Einzig dort oben schaffe ich es, an mein Leben an Bord der SSS Aerosol zu denken. Ich entsinne mich des Moments, an dem die Zukunft der Menschheit ihre Richtung änderte. Ich sehe unter mir die Flotte und erkenne, dass sie auf ihrer Flucht noch immer den Tod ausklammert. Dass sie die Chance der Krise übersieht und an einer Rundung des Meeres kreist, weil es dort kein Weiterkommen mehr gibt, nur noch backbord runter oder steuerbord runter. Jeden Abend hoffe ich, sie wird umkehren. Warum nur erhebt unten niemand den Blick? Alles, was in der Vergangenheit an Großem auf den Weltmeeren geschah, vollzog sich zuerst in visionärer Vorstellung. Dem Wissen von der Kugelgestalt unseres Wasserplaneten ging eine Idee voraus. Sternbilder wiesen den

Menschen den Weg, bis deren Hochmut das All zu einem geistlosen Ort von Materie und Antimaterie verkommen ließ.

Wie jeden Abend sind wir eben dabei, der sterbenden Sonne zu huldigen. Da bemerke ich ein kleines, sargähnliches Boot, das sich zwischen zwei im Wasser wurzelnden Bäumen verfangen hat. Ein Blick zu den anderen verrät mir, dass sie weder mich noch das Boot beachten. Vorsichtig entferne ich mich von den Vogelfrauen und ziehe das Schiffchen hinter eine Felsgruppe. Hier kann uns niemand sehen. Mit zitternden Händen hebe ich ein Buch nach dem anderen aus dem Boot. Ich erkenne sie wieder. Sie sind unversehrt, trocken. Andächtig blättere ich in ihnen. Man kann alles lesen, nichts ist verwischt. Ein Wunder! ,Danke, mein Freund', denke ich. Einfingerjack hat meinen Büchern ein Seebegräbnis zukommen lassen. Glück, Trauer, Wut, Erbarmen, Hoffnung, Schmerz, Angst, Wollust, Heiterkeit, Ernst. Eine Welle flutet durch mich. Alle sind wieder da: Mat Dauerwelle, Lilli Brezelzopf, Kollege Lispelzahn und Pedro Durchblick, unser tapferer Kapitän Fit, Linda Holde Kunst und Pablo Anstrich, meine lieben Alten im Krähennest, vor allem aber meine Sprotten, die altklugen Matrosen und Matrosinnen der höheren Ausbildungsgänge und nicht zuletzt Einfingerjack und Freitag.

Ohne zu zögern belade ich das kleine, sargähnliche Schiffchen wieder mit meinen Büchern, schiebe es hinaus ins Meer und wuchte mich im letzten Moment selbst hinein, ehe die Brandung uns fortreißt. Töne, laut wie das Universum, erfüllen die Luft. Sie können mir nichts mehr anhaben. Ich will wieder unter Sterblichen weilen, ihre Freuden und Ängste teilen, mit ihnen gegen den Fallout kämpfen, gegen Pestilenzia und Hochmut, dabei Fehler machen und, wenn es sein muss, mit ihnen untergehen. Vielleicht brauchen sie mich ja. Vielleicht soll ich ihnen von der Schönheit des Universums erzählen. Mit Sicherheit aber werde ich von der Kehrseite des Erhabenen berichten, der Würde, die der korrektiven Unerbittlichkeit der Natur innewohnt.

„Ihr werdet es schaffen", flüstert mir der Klabautermann zu. Ob die anderen an Bord seine Stimme auch schon vernehmen?

BIBLIOGRAPHIE
Duanna Mund / Birgit Winkler

Panoptes-Trilogie
Teil 1 / Auge
Teil 2/ Spur
Teil 3 / Meer
Roman
Verlag: BoD
Erscheinungsjahr: 2020 / 21

Neuseeland - Haere Mai
Poesie des Reisens
Reiseführer
ISBN 9783734725722
Verlag: BoD
Erscheinungsjahr: 2015 / Neuauflage 2020

Circuito grande
Chile / Argentinien / Bolivien
Poesie des Reisens
Reiseführer
ISBN 9783751952378
Verlag: BoD
Erscheinungsjahr: 2020

Kopfkino / nachtverhangen
Gedichte / Kurzprosa
ISBN 9783750486805
Verlag BoD
Erscheinungsjahr: 2016 / überarbeitete Neuauflage 2020

mundgescheuert
Gedichte
ISBN 9783751952163
Verlag: BoD
Erscheinungsjahr: 2020

Rot wie die Hoffnung
Roman
ISBN 9783743151413
Verlag: BoD
Erscheinungsjahr: 2017 / Neuauflage 2020

Elchi sucht das Glück / Back to the roots
Kinderbuch
ISBN 9783752806823
Verlag: BoD
Erscheinungsjahr: 2018

Zwischen Megacity und Dschungel
Essay
ISBN 9783746030456
Verlag: BoD
Erscheinungsjahr: 2017

Titel ohne ISBN zu beziehen über die Autorin
www.birgitwinkler.at
unter Kontakt